LINHA 4 AMARELA

FELIPE SIMMONS MENDES

LINHA 4 AMARELA

TREND editora

Trend é um selo exclusivo do Grupo Ciranda Cultural
© 2024 Ciranda Cultural Editora e Distribuidora Ltda.

Texto
© Felipe Simmons Mendes

Editora
Nayra Ribeiro

Preparação e Revisão
Fernanda R. Braga Simon

Produção editorial
Ciranda Cultural

Projeto gráfico e Diagramação
Linea Editora

Design de capa
Danielly Muracchini

Imagens
Naturalis – adobe.stock.com;
Faiza – adobe.stock.com

Dados Internacionais de Catalogação na Publicação (CIP) de acordo com ISBD

M538l	Mendes, Felipe Simmons.
	Linha 4 amarela: terrorismo ou justiça? / Felipe Simmons Mendes. - Jandira, SP : Trend, 2024.
	224 p. ; 15,50cm x 22,60cm
	ISBN: 978-65-83187-28-4
	1. Terrorismo. 2. Terror. 3. Policial. 4. Crime. I. Título.
	CDD 341.773
2024-2072	CDU 341.1366

Elaborada por Lucio Feitosa - CRB-8/8803

Índice para catálogo sistemático:
1. Terrorismo : 341.773
2. Terrorismo : 341.1366

1ª edição em 2024
www.cirandacultural.com.br
Todos os direitos reservados.
Nenhuma parte desta publicação pode ser reproduzida, arquivada em sistema de busca ou transmitida por qualquer meio, seja ele eletrônico, fotocópia, gravação ou outros, sem prévia autorização do detentor dos direitos, e não pode circular encadernada ou encapada de maneira distinta daquela em que foi publicada, ou sem que as mesmas condições sejam impostas aos compradores subsequentes.

AGRADECIMENTOS

Começo agradecendo a minha família, mas farei como Jack o Estripador e irei por partes: afinal esse livro realmente é uma LINHA, e passamos por tantas coisas antes dessa segunda edição, e ainda é, literalmente, só o início!

Meu amor Eve e meus já não tão pequenos Charles e Dudu, que me aguentaram nas madrugadas de estudo assistindo vídeos, escrevendo e revisando incansavelmente.

À minha mãe Marcia, que mesmo com pânico de metrô leu todas as páginas, e o Hamilton, por todo o amor que me deram e que transformei em palavras.

E o meu Concílio Literário, começo pela minha irmã Yoná, que mesmo antes de eu começar Linha 4 me enchia o saco pra eu escrever o "livro do metrô".

Ricardo e Marx, pelas madrugadas de dúvidas, reclamações e alegrias, e a canceriana Poli, que brigou, chorou, xingou, foi comigo e Yoná fazer o Tour do Metrô e se envolveu em cada pedacinho de cada personagem criado.

Agradeço também ao mestre André Vianco e aos queridos Mag e Juan pelas aulas e todo conhecimento carinhoso que ajudaram a transformar o livro em realidade.

E aos meu pequenos Raul Victor e Ziggy, que dentre todos os livros sempre serão minha melhor obra.

E por último mas nunca menos importante: agradeço a minha Vó Helena pela educação, carinho e amor dados todos esses anos, desde meu primeiro choro até o último sopro da sua respiração.

Você faz falta, te amo Vó.

Agora leiam.

Em nome da Mãe!
Em nome de SETE!

SUMÁRIO

CAPÍTULO 1	JOAQUIM E O DRONE	9
CAPÍTULO 2	A LISTA DO SETE	13
CAPÍTULO 3	MAX	19
CAPÍTULO 4	ROD	23
CAPÍTULO 5	CAMILA RAMOS	29
CAPÍTULO 6	LIA E ROBERTO	33
CAPÍTULO 7	LIV	37
CAPÍTULO 8	O ACORDO	41
CAPÍTULO 9	DEMOCRACIA	45
CAPÍTULO 10	PODER E SACRIFÍCIO	49
CAPÍTULO 11	AO VIVO	53
CAPÍTULO 12	RONALD	57
CAPÍTULO 13	O INFERNO DE DANTE	65
CAPÍTULO 14	EM NOME DA MÃE	71
CAPÍTULO 15	DESPEDIDA	77
CAPÍTULO 16	DOIS	81
CAPÍTULO 17	PLANTÃO URGENTE	87
CAPÍTULO 18	DÁRIO FALA	89
CAPÍTULO 19	LEME FALA	93
CAPÍTULO 20	NA MIRA	97

CAPÍTULO 21	A DECISÃO	101
CAPÍTULO 22	TRÊS	105
CAPÍTULO 23	ROCK E NOTÍCIAS	109
CAPÍTULO 24	A CONVERSA	113
CAPÍTULO 25	SHIRYU	119
CAPÍTULO 26	TURN OFF	125
CAPÍTULO 27	FÉ	131
CAPÍTULO 28	FALCÃO NEGRO EM PERIGO	135
CAPÍTULO 29	RAMONES	141
CAPÍTULO 30	PALAVRAS DE MÃE	147
CAPÍTULO 31	AO MESTRE, SEM CARINHO	151
CAPÍTULO 32	LAYLA	155
CAPÍTULO 33	DEVO	163
CAPÍTULO 34	GÊNESIS	169
CAPÍTULO 35	FACILIS EST DESCENSUS AVERNO	175
CAPÍTULO 36	O DESPERTAR	181
CAPÍTULO 37	A DEVORADORA	189
CAPÍTULO 38	DESENCONTROS	197
CAPÍTULO 39	A FUGA	203
CAPÍTULO 40	O ENCONTRO	209
CAPÍTULO 41	VERDADE NUA	215
CAPÍTULO 42	EPÍLOGO	221

CAPÍTULO 1
JOAQUIM E O DRONE

ESTAÇÃO CONSOLAÇÃO

ACESSO À LINHA 4 AMARELA – 18H09
7 MINUTOS ANTES DA PRIMEIRA EXPLOSÃO

Hoje Joaquim completa sete anos. Sua avó, Lurdes, resolve levá-lo ao seu primeiro passeio de metrô. Lurdes se tornou responsável por Joaquim três anos atrás, desde a morte de sua filha, Cinthia, e o marido dela, Walter, que perderam a vida em um trágico acidente de carro. Joaquim, na cadeirinha, no banco de trás, foi o único sobrevivente.

Lurdes é moradora dos Jardins, onde cria o neto. Ele tem o cabelo loiro, no estilo tigelinha, os olhos castanho-claros e um sorriso que deixa todos encantados. Com um senso de humor fantástico, é o tipo de menino que cai do balanço e, dois minutos depois, já está rindo e fazendo piada sobre o tombo.

Lurdes decidiu levá-lo ao metrô depois de quase um ano de pedidos insistentes do pequeno.

Após descer do táxi na Avenida Paulista, Joaquim vê a entrada da estação Consolação e fica extasiado. A avó não entende o porquê desse fascínio do neto por algo tão simples e banal, mas hoje, 7 de julho, é aniversário dele – e não vai deixar seu neto passar vontade de nada. Compra para ele um balão, desses que brilham no escuro.

O menino fica maravilhado e dá um abraço na sua avó, que sorri. Ele também sorri, principalmente após descerem a escada e avistarem aquele mundaréu de gente em frente às catracas do metrô.

– Vovó, vovó, aqui é ainda mais legal do que eu tinha visto no Youtube.

– Que bom, querido. Agora vamos passar essa catraca, pra você conhecer lá dentro.

– Mas, vovó, não tem que comprar o bilhete?

– Querido, eu sou muito velha, e você é muito novo. A gente não precisa pagar nem pegar essa fila enorme. Vem comigo.

Aproximam-se da catraca próxima ao SSO. O atendente vê os dois se aproximando e pergunta:

– Olá, senhora, tudo bem? Está com RG ou com seu bilhete único?

LINHA 4 AMARELA

Lurdes, que não está acostumada a andar de metrô, estranha a pergunta; olha para trás e vê Joaquim brincando com seu balão. Vira-se novamente para a frente e fala ao atendente:

– Desculpe, senhor. Eu não tenho um bilhete desses aí, e meu RG não está comigo. Mas hoje é aniversário do meu neto. Quero apenas levá-lo para ver o metrô.

– Desculpe, senhora, mas infelizmente tenho ordens restritas e... – é interrompido pelo seu supervisor, que faz sinal para que deixe ambos passarem – ... ok, senhora, está liberada.

Ela agradece, gira a catraca, Joaquim passa por baixo. Sorrindo, encantado com tudo o que vê, ele pega na mão da avó, e ambos começam a descer pela escada rolante, do lado direito.

Do nada, Joaquim aponta para cima e diz:

– Olha, vovó, um drone com uma luz azul!

O drone plana em frente às catracas, com uma luz azul e uma tela onde se vê escrito: 18h15.

O drone para por poucos segundos, para delírio da estação lotada, mas logo continua seu trajeto, indo para dentro da estação, como se estivesse descendo a escada do meio.

– Olha, vovó, ele está vindo com a gente – diz Joaquim, sorrindo.

O drone para bem no meio da escada, seu relógio marca 18h16, e após isso os números começam a se transformar:

$$8 - 1 = 7 \quad \bullet \quad 1 + 6 = 7$$

11

FELIPE SIMMONS MENDES

Os dois números 7 pequenos se juntam, formando um número 7 grande. A luz azul se transforma em vermelha e, em milésimos de segundo, barulho, fumaça, sangue e fogo tomam conta da estação.

Hoje Joaquim completa sete anos.

CAPÍTULO 2
A LISTA DO SETE

PALÁCIO DOS BANDEIRANTES

MORUMBI – SÃO PAULO – 18H25
9 MINUTOS APÓS A PRIMEIRA EXPLOSÃO

O governador de São Paulo está sentado sozinho em seu gabinete, de cabeça baixa, como se estivesse em um transe. Sente o suor descer sobre os poucos cabelos que lhe restam; seu coração está acelerado, e ele respira com dificuldade. A porta se abre e surge Suzy, sua secretária pessoal. Ele se recompõe do susto, a expressão de seu rosto muda; olha para a secretária e faz um sinal para que ela fale.

— Senhor, a sala de conferência está pronta. Já estão online o prefeito, o secretário de Segurança Pública e toda a cúpula de segurança; apenas aguardam o senhor.

Ele olha para ela sério e faz apenas um meneio com a cabeça. Suzy sai da sala. Em seguida, ele levanta e anda em direção à sala de conferência. Sempre foi um homem sereno; muitos dizem que até sem expressão. Mesmo sendo reeleito pela terceira vez, muitas pessoas o chamam de Governador Fantasma. Está sempre com a mesma expressão, mas sabe que isso se adéqua à sua personalidade.

Enquanto caminha em direção à sala de conferência, recorda-se de que, dez anos atrás, tinha desistido de seu cargo para tentar ser presidente. Foi naquele ano que seu vice teve de enfrentar duras críticas após uma semana de terror em São Paulo, e lembra que na época respirou aliviado por não ser governador. Mas, dessa vez, não teria como escapar, e se preocupava com isso. Queria poder desistir, sumir em alguma passagem secreta na sua sala e voltar apenas quando tudo estivesse resolvido.

Para em frente à porta da sala de conferência, respira fundo, adentra a sala, senta na cadeira central e diz:

— Boa tarde, colegas. Desculpem meu mau jeito, e é uma pena rever vocês em um momento desses. Mas digam-me: qual a situação no momento?

O secretário de Segurança Pública toma a palavra:

— Foram contabilizadas sete explosões no total, em todas as entradas e saídas das estações Consolação e Paulista. Ao que parece, foram drones que explodiram simultaneamente. Não temos uma base de quantas vítimas fatais ou feridos, mas, de acordo com a administradora da Linha, cerca de oito mil pessoas estavam entre as estações nesse momento, e provavelmente muitas estão presas lá ainda.

O governador olha para baixo, imagina o pânico no metrô, e poucos segundos depois levanta a cabeça e pergunta:

– Não teve explosão nenhuma dentro? Entendi que eles bloquearam as saídas, mas o metrô está funcionando?

O secretário responde:

– Metrô parado, houve uma pane no sistema, acho que por causa das explosões. Foram explodidas apenas as entradas e saídas, e pelo vídeo que recebemos parece que a ideia é realmente essa, senhor: prender as pessoas dentro da estação. São mais de cinquenta e cinco metros abaixo do solo. O senhor recebeu o vídeo? Nós entramos em contato com toda a imprensa, pedindo que não o reproduzam, para evitar o pânico.

O prefeito intervém:

– Infelizmente, meu caro colega, o vídeo já está no Youtube e viralizou. Várias pessoas repostaram, colocaram em seus Facebooks, e no Twitter já é TT. Pelo que minha secretária me repassou, ele já foi visualizado por mais de dois milhões de pessoas. Infelizmente, a internet é diferente da imprensa; a gente não consegue controlar. O caos em breve será muito maior e tomará as ruas. Precisamos tomar alguma providência. Eu recebi o vídeo também, e acho que devemos conversar sobre ele.

O rosto do governador se mantém sereno, mas sua cabeça sabe que é o momento exato que o prefeito esperava. Ele odeia o prefeito, que surgiu do nada e agora é seu principal inimigo no partido para a próxima campanha à presidência. Além de ser extremamente mais bem articulado, o prefeito é hiperativo, gosta de aparecer, coisa que ele sempre evitou.

Afasta-se dos pensamentos e pergunta:

— O que sabemos sobre esse tal de SETE? É interligado ao Comando Vermelho? PCC?

O secretário responde:

— Sabemos apenas o que está no vídeo: que se denominam SETE e, se não atendermos às suas sete exigências, eles vão explodir uma bomba por hora. Parece que têm pessoas infiltradas entre a multidão do metrô em lugares estratégicos, e se não agirmos rápido teremos mais mortes. Temos até às 20 horas; agora são 18h32, o que nos dá mais ou menos uma hora e meia para atender ao pedido deles ou agir de alguma outra maneira.

O prefeito interrompe:

— Acho que temos de atender, sim, aos pedidos deles! São vidas em jogo, não queremos esse sangue em nossas mãos.

O governador se levanta de sua cadeira. Percebe-se a raiva em seu rosto, e o suor novamente escorre pela sua testa. Ele respira fundo e diz, quase gritando:

— Não faremos como no passado! Nós não vamos entrar em acordo com terroristas. Senhor prefeito, os pedidos deles, suas "exigências", são totalmente inconstitucionais! Essa crise é nossa, e nós vamos resolver. São mais de sete mil pessoas lá; vamos aproveitar esse tempo que temos e tentar resgatá-las.

O prefeito rebate:

— Fecharam as entradas e as saídas. Nós jamais conseguiríamos salvar todos. E, para piorar, eles têm pessoas lá. Foram muito específicos no vídeo; temos que seguir exatamente o que falaram! Não existe nenhum contato para negociarmos. É acatar o que pedem ou aceitar a morte de milhares de pessoas. É isso que você quer?

— Eu não coloquei bombas lá! Não sou o terrorista e não vou aceitar exigências! Se aceitarmos uma vez, ficaremos sempre à mercê deles. Algumas vidas podem ser perdidas, se isso nos der a chance de salvar muitas outras. Com certeza nosso serviço de inteligência já está atrás deles. Devem estar descobrindo de onde foi postado o primeiro vídeo, não é verdade, secretário?

O secretário sacode a cabeça em afirmativa:

— Estão investigando, sim, e fazendo o melhor, senhor.

O governador continua:

— Então pronto, temos uma hora e meia. Vamos começar o resgate e tentar descobrir quem é esse tal de SETE, e eu repito: NÃO VAMOS ACEITAR QUE TERRORISTAS MANDEM EM NÓS! NEM QUE PARA ISSO SEJAMOS OBRIGADOS A ARRISCAR ALGUMAS VIDAS E...

A porta da sala de conferência é aberta de repente, e bate na parede, causando um enorme estrondo. Suzy, a secretária pessoal do governador, está parada, lívida, em frente à porta. Ele a olha com raiva e diz:

— Como entra na sala assim, Suzy? Não vê que estamos resolvendo coisas importantes?

Ela olha para o governador, pálida, com o celular na mão. Tenta falar por duas vezes, mas se engasga com as palavras. O governador grita novamente com ela, que então diz:

— Sua mulher ligou e...

É interrompida por outro grito dele:

— É IMPOSSÍVEL que qualquer ligação de minha esposa seja mais importante do que o que estamos fazendo aqui.

Diz isso e vira-se de costas para ela, voltando a falar com o secretário e o prefeito:

— Como estava dizendo, vamos agir e não aceitaremos...

É interrompido por um grito de Suzy:

— SENHOR!

Ele olha para ela com ódio e grita de volta:

— O QUE FOI, SUZY?

Ela abaixa a cabeça e diz, com lágrimas nos olhos:

— Seu filho mais novo, senhor... O Max... Ele está preso dentro da Linha 4 Amarela.

CAPÍTULO 3
Max

STARBUCKS

RUA HADDOCK LOBO – SÃO PAULO – 17H55
21 MINUTOS ANTES DA PRIMEIRA EXPLOSÃO

Ele pede um frappuccino com Choco Chips, uma das únicas coisas que realmente o deixam feliz.

Max tem dezessete anos, ama café, ama livros e sonha um dia poder escrever o seu. Vai todo dia à cafeteria Starbucks, pede um frappuccino e tenta começar o livro, mas sempre trava – afinal, sobre o que ele poderia escrever?

Sua vida é marcada pelo único rótulo que recebe de todos: Filho do Governador. Max odeia isso. Ele não odeia o pai, mas odeia a política, odeia ser filho de político, odeia ter de ser o exemplo. O pai sempre disse que a rebeldia do filho era sinal de que poderia ser um bom político, mas Max sente náuseas só em imaginar a situação.

Quer ser conhecido como ele mesmo – Max Mad, como se apresenta – um escritor remanescente da era *Beat*, um verdadeiro revolucionário das palavras. E não Maximiliano Hackmen, filho de Jorge Hackmen, quatro vezes governador de São Paulo. Filho caçula, ele tem um irmão e uma irmã, ambos mais velhos e "exemplos", como seu pai diz. Mas Max sempre foi o queridinho de Jorge, que abre suas asas de pai coruja o protegendo o tempo todo, principalmente da imprensa – que adoraria saber que Max já foi preso duas vezes, uma por furtar cerveja de um supermercado e a segunda por beber muito e se descontrolar, espancando um colega dentro do seu condomínio.

O pai tinha esse poder, que ele odiava. Era o Governador Fantasma transformando o filho em outro fantasma.

– Max Mad? – chama a linda atendente da cafeteria.

Ele se aproxima e diz:

– Sou eu!

– Seu frappuccino está pronto. Pelo jeito gosta de Mad Max, hein?

– E por acaso alguém não gosta?

Ela ri, uma risada gostosa. Max olha sua boca e gosta do que vê. Ela diz:

– Posso fazer uma pergunta?

– Você pode fazer o que quiser.

– Bom saber. Então... você é o filho do governador?

Max respira fundo, olhando nos olhos da atendente, que se arrepende da pergunta e tenta se desculpar:

— Desculpe, eu apenas...

— Cala essa boca e vai atender alguém! Faz seu trabalho, porque eu vou fazer o meu.

Ela ri novamente, outra gargalhada gostosa, mas Max dessa vez não gosta do que vê. Ele bate seu café no balcão, puxa a moça pela gola da camisa e diz ao seu ouvido:

— Em breve, você vai ouvir falar de mim, e acredite, não terá nada a ver com o meu pai! Guarde meu nome: Max Mad.

Solta a moça, que recua, assustada. Max percebe que todos estão olhando, vê a revolta nos olhos das pessoas e sorri. Passa a mão nos cabelos, recém-pintados de verde, e grita:

— Todos vocês, seus merdas, ainda vão ouvir falar de mim!

Diz isso e sai da cafeteria, batendo a porta. Atravessa a rua e vai em direção à Avenida Paulista. Chega em frente à estação Consolação, para e respira. Pensa em seu pai, que, com certeza, se tivesse visto aquilo, perceberia que ele não é mais uma criança e que jamais seria político.

Desce as escadas em direção às catracas da estação Consolação, pega o bilhete, que já estava no bolso de sua jaqueta, e entra na estação, seguindo em direção ao túnel que faz a transferência para a Linha 4 Amarela.

Seu celular toca, e ele atende na escada rolante:

— Alô?

— Oi, filho. Sou eu, a mamãe. Onde você está?

— Acabei de entrar no metrô. Por quê?

— Em qual estação, filho?

— Linha Amarela, mãe. Por quê?

— Não se esqueça de que seu pai tem aquele jantar importante hoje, às 20h30, e ele precisa de toda a família aqui. Você sabe como ele é, né?

— Sei exatamente como ele é. Vou apenas fazer uma coisa e já vou pra casa. Agora vou desligar, tchau.

Ele desliga sem ouvir o que sua mãe diz. Jantar importante... Ele não aguenta mais aquilo.

Max chega à esteira dentro do túnel da estação Consolação. Desacelera o passo e olha a multidão andando, em câmera lenta, como se estivesse num transe. Lembra-se de uma cena de *Metropolis*, de Fritz Lang, e dá uma gargalhada. Uma senhora que está ao seu lado sorri ao ouvir a gargalhada; ele olha e fecha a cara. Depois olha para baixo e repete em voz baixa:

— Max Mad, Max Mad, guardem esse nome, Max Mad.

O relógio marca 18h15.

CAPÍTULO 4
ROD

AVENIDA PAULISTA, 2230

SÃO PAULO – RÁDIO MISS FM – 18H52
36 MINUTOS APÓS A PRIMEIRA EXPLOSÃO

—Vocês ouviram White Stripes, "Seven Nation Army". Vamos com mais som.

Ele dá o play e sai da sala de transmissão.

— E aê, Samuka, já podemos dar as notícias?

— Então, Rod! O chefe não deixa... Ele recebeu um comunicado do governo proibindo, pra não causar pânico, dizem eles.

— Foda-se o governo, mano. O programa se chama Rock Notícias, mas só está rolando rock, e notícia nenhuma. Se eu falar, o chefe nem vai ouvir. E tem mais: a maioria dos tabloides na internet já falou. Estamos perdendo tempo e audiência.

— O problema é: e se ele ouvir?

— Se ouvir, ouviu. Tô cagando! Acabando a próxima do System, vou dar a notícia e pronto. Quando teve a explosão, o prédio tremeu todo, pensei que ia morrer, e você também, não foi?

— Sim, mano.

— Então, aí todos foram embora, porque o prédio pode cair. A gente tá arriscando a vida aqui. Vamos fazer essa porra valer a pena.

— Beleza, arrebenta lá, então.

Rod volta para a sala de transmissão.

— Faaaala, galera! Vocês ouviram "Toxicity", com System of a Down. Eu sou Rod White e vou falar sobre o que todos estão esperando. Cerca de meia hora atrás, a gente achou que estava rolando um terremoto aqui, tremeu tudo, e o barulho foi ensurdecedor. Porém, meus amigos, nós fomos proibidos pelo governo de falar sobre o assunto. Mas eu não trabalho para o governo, eu trabalho pra vocês. Então vou contar tudo que sei.

"Tem um vídeo no Youtube que fala sobre o assunto; eu também coloquei ele no meu Facebook, caso queiram ver. Um grupo terrorista com o nome SETE explodiu bombas nas saídas das estações Consolação e Paulista. Parece que há mais de 7 mil pessoas lá embaixo, presas. Nesse vídeo eles falam sobre sete exigências ao governo brasileiro, que na minha opinião está demorando muito para fazer algo.

"Caso essas exigências não sejam atendidas, eles vão explodir uma bomba a cada hora. O vídeo não é longo, mas tem vários detalhes que devem ser seguidos. A primeira exigência deles é que o governo tem até as 20 horas de hoje pra dar um jeito. É, vou ler exatamente o que está na descrição: 'Uma nova lei será aprovada e deverá ser cláusula pétrea. Todos os vereadores, deputados estaduais, o prefeito e o governador de São Paulo deverão exercer seus mandatos sendo remunerados com um salário mínimo mensal, e quem não concordar com tal acordo deverá ser deposto de seu cargo'.

"Eu dei uma estudada aqui e vi que existe, sim, a possibilidade de isso acontecer. Basta que os tais políticos façam um documento, que é relativamente simples. O tal SETE diz que deve ser dado um comunicado oficial até as 20 horas. Olha aí, resumindo: 7 mil pessoas estão dependendo de que a morosidade da nossa justiça e política seja revertida em uma hora.

"Eu sou totalmente contra o terrorismo, mas concordo plenamente com a exigência deles. E vocês? Comentem na nossa page. Já, já voltamos com mais notícias. Fiquem agora com Megadeth, 'Symphony of Destruction'."

Rod solta a vinheta, tira o fone do ouvido e recosta na cadeira. Samuka olha para ele pelo vidro e faz sinal de positivo, sorrindo.

Poucos segundos depois, seu telefone celular toca. Ele olha: número restrito. Hesita por um tempo, mas em seguida atende o aparelho.

– Alô?

— Rod White?

— Sim, sou eu. Quem fala aí?

— Digamos que sou um amigo, e digamos que tenho uma informação que te interessa muito.

— Cara, eu duvido que seja meu amigo. Se fosse, não teria ligado de número privado, mas diz aí a informação.

— Tenho uma condição para isso. Eu vou te dar algumas informações sobre tudo o que está ocorrendo, porém você não poderá omitir nada. Você será o correspondente oficial das notícias do SETE.

— Resumindo, você quer que eu fale verdades na rádio, é isso?

— Exatamente.

— Então manda aí, qual a notícia?

— O filho do governador, o filho mais novo, Max, é uma das pessoas que ficaram presas na Linha Amarela.

— Caralho, você tem certeza disso?

— Certeza. Aguardo a notícia na rádio. Ligo em breve.

Rod ouve o "amigo" desligar o celular. Coloca os fones, puxa o microfone e espera ansioso o final da música.

— Estamos de volta com mais *Rock Notícias.* Vocês ouviram Megadeth. E tenho mais notícias aqui, novidades sobre o ataque terrorista na Linha Amarela do metrô. Parece que o filho mais novo do nosso governador, que se eu não me engano se chama Max, está preso no metrô. Ele é uma das vítimas do ataque dos

SETE. Acho que isso agora causa uma reviravolta, porque já são 19h22, faltam apenas 38 minutos para acabar o prazo da primeira exigência, e não temos nenhum comunicado do governo, nada oficial ainda. Então, só nos resta esperar e torcer pra que esses picaretas tomem uma atitude. Enquanto isso, vamos com mais rock n'roll. Fiquem com Metallica, "Seek and destroy".

Ele dá play no som, tira o fone de ouvido e sorri, com sensação de dever cumprido. Vai dar uma olhada em suas redes sociais, que estão estourando de perguntas e indagações dos ouvintes e amigos.

Seu celular toca novamente, número restrito. Ele atende.

- Alô?

– Muito bem, garoto. Em breve mandarei mais uma notícia para você.

– Desculpa, cara, mas preciso saber quem é você e ter certeza de que o que diz é verdade antes de falar na rádio.

– Então você quer uma prova?

– Sim, seria bom.

– Ótimo, vou dar a prova que quer. Sabe seu amigo Samuka, que está do outro lado do vidro, virado de costas pra você?

Rod olha, e Samuka realmente está de costas para ele. O interlocutor continua:

– Perceba bem: consegue ver essa luz vermelha que está apontada para a cabeça dele? Rod, meu amigo, não queira saber do que essa luz vermelha é capaz. Aí está sua prova. E agora, se você contar algo para ele ou para qualquer outra pessoa, essa luz vermelha estará apontada para a sua cabeça. Entendeu bem? Ligaremos em breve.

Rod ouve o telefone ser desligado. Ele está paralisado, em choque. Samuka, do outro lado do vidro, vira a cadeira e faz sinal de positivo, sorrindo.

O relógio marca 19h28.

CAPÍTULO 5
CAMILA RAMOS

SEDE DA ABIN (AGÊNCIA BRASILEIRA DE INTELIGÊNCIA)

ASA SUL - BRASÍLIA - DF - 19H45
15 MINUTOS ANTES DA SEGUNDA EXPLOSÃO

A oficial Camila Ramos desce a rampa em direção ao QG. Em seus vinte e oito anos de Agência, essa está longe de ser a primeira crise nacional, porém ela não tem dúvidas de que é a pior. Faz oito anos desde que assumiu a chefia, um dos cargos mais importantes do país e, sem dúvida alguma, um dos que mais sugam a energia do ser humano – o que fica perceptível em suas diversas rugas e no cabelo precocemente e extremamente branco, preso em um coque perfeito.

De longe, ainda lembra a bela mulher que foi. Os olhos num tom azul juvenil rebatem a luz em seus cabelos, mas está longe de ser a beldade de outrora. O vestido preto, longo e justo, ainda faz florescer um corpo de dar inveja em várias meninas de vinte anos. Mas não se enganem, não foram essas curvas que deram a ela o poder que possui. Entrou na companhia aos dezoito anos, com todas as suas metas definidas. Foi agente de campo durante vinte anos, e após o sucesso da Operação Copa assumiu a chefia. É a definição de uma mulher forte e determinada, que realmente desistiu de sua vida pessoal pelo seu trabalho.

Ela chega em frente à porta do QG, coloca seu dedo na biometria e depois encosta o olho no leitor óptico. A porta se abre, e ela adentra. Nas telas estão o prefeito de São Paulo, José Dário, o governador Jorge Hackmen, o secretário de Justiça, e o presidente da República, Miguel Leme. Ela começa o discurso:

— Bom dia, senhores e senhor presidente. Esse caso é o pior da história do nosso país, porém não estou aqui para lamentar, e sim para resolver o problema.

Ela vira a cadeira, olhando diretamente e apenas para o presidente, e continua a falar:

— Senhor presidente, faltam quinze minutos. Tome as rédeas da situação, faça com que eles aceitem o que foi proposto e nos dê tempo suficiente para salvar o máximo de pessoas que pudermos e desmascarar esses bandidos.

— Com todo o respeito, senhora Camila, é totalmente inconstitucional esse pedido. Eu, como presidente, não posso me rebaixar ao ponto de negociar com terroristas.

— Com todo o respeito, Miguel, mas fui eu quem te colocou nesse cargo. É graças à ABIN que todos vocês estão em cargos públicos, com exceção do engomadinho, que foi um agrado de marketing para o povo.

O prefeito entende a indireta e rebate:

— Querida colega, acho que esses termos não são adequados. Gostaria que mantivéssemos o respeito e...

Ela o interrompe:

— Dário, você é apenas um personagem secundário. Não vejo nem motivo para você estar nesta sala — diz isso e desliga a tela do prefeito. — Agora, sim, vamos conversar entre adultos. Faltam treze minutos, Miguel, e preciso que você faça o comunicado.

O governador intervém:

— Com todo o respeito devido, eu acho que isso é apenas um blefe. Não devemos aceitar essa exigência até ter certeza de que falam a sério.

— Jorge, uma pergunta apenas: não é o seu filho que está lá, preso no metrô?

— Sim, senhora, e pela vida do meu filho digo que não devemos acatar ordens de terroristas.

— Jorge e Miguel, por conta e risco de vocês, vou esperar até às 20 horas e ver o que acontece. Porém, se houver mesmo a explosão, não pedirei mais opinião, e todos vão agir conforme eu falar. Boa noite, senhores.

Diz isso e desliga as telas, menos a do governador. Ela olha em sua direção e diz:

— Você realmente nunca me agradou, mas ver o quanto ama o poder, mais que a seus próprios filhos, me faz ter um pouco mais de respeito por você.

— Não, senhora Camila, eu amo meu filho e...

— Jorge, mentiras sinceras me interessam. Relaxa, você tem nove minutos até a explosão. Aproveite. Quem sabe, com a morte de um menino, não renasça um homem.

Diz isso e desliga a tela do governador.

CAPÍTULO 6
LIA E ROBERTO

DISCOVERY HOTEL

ZONA NORTE DE SÃO PAULO - 17H32
44 MINUTOS ANTES DA PRIMEIRA EXPLOSÃO

Roberto está calçando o sapato. Olha para a cama e vê o corpo inerte ao seu lado. Que corpo maravilhoso, as coxas grossas e as costas largas, do jeito que ele sempre gostou. Perdido em seus pensamentos, ele começa automaticamente a se tocar, relembrando as horas maravilhosas em que estiveram juntos. Seu celular toca, tirando-o do transe momentâneo:

– Alô?

– Oi, amor, sou eu, Lia.

– Fala, minha delicinha.

– Já saí daqui. Temos que correr. Me encontra às 18h15 na Linha Amarela?

— Sim, gostosa, próximo ao embarque pra Luz?

— Isso, amor, após o túnel. Tô morrendo de saudade.

— Eu também. De saudade e de tesão.

— Relaxa, amor, o casamento é amanhã, e depois vou fazer você gozar bem gostoso.

— Eu não duvido! Então até já. Beijo, gostosa.

— Beijo, meu amor.

Desliga o telefone e sorri. Nunca no mundo existirá alguém que o deixe tão feliz quanto Lia.

Ele calça o outro sapato, tira o silenciador da arma, guarda-a em sua maleta, enrola o corpo em um lençol, embebe-o em um líquido e ateia fogo. Sai em seguida e entra no quarto ao lado. Espera o exato momento de começar o caos. Após o grito de fogo da faxineira, enquanto os hóspedes saem dos quartos e correm, Roberto anda calmamente em direção à porta. Ao sair, para em frente ao hotel, acende um cigarro e vai em direção à estação Santana do metrô. Enquanto desce a escada rolante, tira um celular do bolso, aperta apenas um botão e espera. Após chamar três vezes, alguém atende. Uma voz grossa fala do outro lado:

— Está feito?

— Sim, senhor.

— Tudo limpo?

— Sem dúvida.

— Ótimo, amanhã envio as novas coordenadas.

— Obrigado, senhor.

LINHA 4 AMARELA

Ele desliga o telefone e o joga na lixeira da estação. Aguarda o metrô para fazer uma baldeação até a Sé, e outra até a República, até chegar à Linha Amarela.

Roberto tem um metro e noventa de altura, cabelos curtos, estilo militar, e usa sempre um terno bem alinhado. Chama a atenção por onde passa, com seus olhos castanhos tom de mel e um sorriso cativante.

Ele chega à estação Consolação e vai ao encontro de Lia. Avista-a poucos segundos depois, próxima ao túnel. Com seus um metro e sessenta de altura em um vestido florido, Lia sorri. Os cabelos curtos lembram muito a Mia Wallace de *Pulp Fiction*. Suas pernas e braços cobertos de tatuagens fazem com que ela chame a atenção por onde passa. Lia Gibi, foi assim que ela se apresentou para ele cinco anos atrás.

Ele se aproxima, dá nela um longo beijo e acaricia seu rosto com ternura.

– Olá, amor, demorei muito?

– Está dois minutos adiantado, são 18h13 agora. Quando te vi de longe, delicioso, quase abaixo pra te chupar aqui mesmo.

– Hum, eu acho a ideia excelente.

– E como foi o trabalho hoje?

– Foi de matar. Estou esgotado.

– Eu estou ótima, baby, animada e feliz. Amor, olha ali no final do túnel. Aquilo não é um drone?

– É, sim, mas o que faz um drone dentro do metrô?

— Não faço ideia. Está cada vez mais George Orwell este planeta. Vamos embora, então?

— Vamos, meu amor.

Eles viram e se aproximam da escada. Em um piscar de olhos, ouve-se um barulho ensurdecedor, seguido de um silêncio súbito. Em segundos, tudo escurece.

O relógio marca 18h16.

CAPÍTULO 7
LIV

FNAC

AVENIDA PAULISTA SÃO PAULO – 19H35
25 MINUTOS ANTES DA SEGUNDA EXPLOSÃO

Ela retoca o batom vermelho e se admira por alguns segundos. Seu cabelo *black power* e seu olhar penetrante dão a ela um ar de heroína dos anos 1970, como em *As Panteras* e *007*. Os olhos castanhos, com um leve toque de verde, são o perfeito contraste para sua pele negra. Com terninho feminino e um salto vermelho, ela chama atenção ao sair do banheiro em direção à cafeteria.

Pede um café expresso, se ajeita na cadeira e pega seu celular:

– ABIN, Roger, bom dia.

– Oi, Roger. Preciso falar com a chefe.

– Ela está se preparando para uma conferência agora, não vai rolar.

— Eu consegui interceptar uma ligação. Ia pedir permissão para prosseguir.

— Siga seu instinto; você é a melhor no que faz.

— Obrigada, Roger. Farei exatamente isso. Alguma novidade na Agência?

— Olha, Liv, eu nunca vi a ABIN tão movimentada. Até estranhei você estar em campo hoje.

— Você sabe, não sou boa no administrativo. Eu nasci para estar em campo.

— Olha, meu amor, acho que você nasceu para brilhar, isso sim. E lhe digo mais: se eu gostasse da fruta, casava com você.

— Me sinto lisonjeada. Sei que várias pessoas casariam comigo, mas tenho vinte e sete ainda, amor. Em vez de casar, estou realmente preferindo comprar uma bicicleta.

— Liv, se eu não te conhecesse, até acreditaria. Já faz dois anos, amor, você precisa...

— Trabalhar, é disso que eu preciso, Roger.

— Amor, só não quero que você se torne um clone da chefa. Vejo muita coisa boa em você.

— Você sabe que todos esses telefones são grampeados, né?

— E você sabe que eu tenho as costas quentes, né? Então relaxa e me mantenha informado, ok, amor?

— Sim, Ro, um beijo. Até mais.

Ela desliga o telefone, dá mais um gole no café. Pensa que realmente já faz dois anos, e um pouco de tristeza inunda seu coração por alguns segundos. Logo se recompõe, solta um leve sorriso, joga uma nota de cinquenta reais no balcão. Olha bem nos olhos do garçom e diz:

— Fique com o troco.

Ele responde:

— Uma beldade como você não deveria nem pagar.

— Aí é que você se engana, lindo. Uma beldade como eu pode e sempre vai pagar.

Ela dá um sorriso, vira e segue em direção à saída, à procura de um táxi. Pensando alto, ela balbucia:

— Vamos ver o que você pode me contar, Rod White.

O relógio marca 19h43.

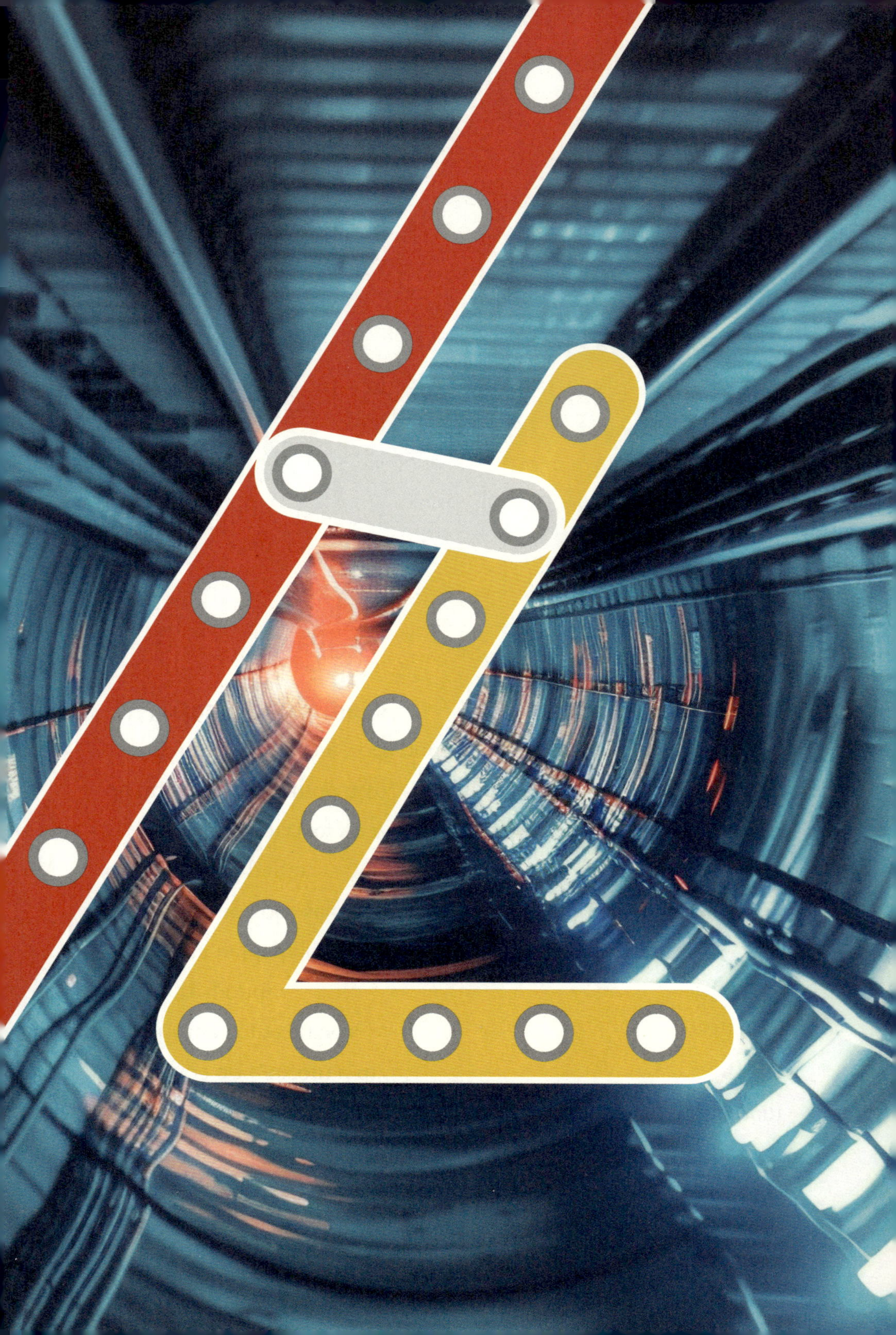

CAPÍTULO 8
O ACORDO

CCO (CENTRO DE CONTROLE DE OPERAÇÃO)

VILA SÔNIA - SÃO PAULO - 19H42
18 MINUTOS ANTES DA SEGUNDA EXPLOSÃO

Renato Penido, responsável pela Linha 4, está de cabeça baixa em sua sala. Após tentar ligar para todos os superiores e não obter sucesso, realmente não sabe o que fazer. O medo, seu pior inimigo desde a infância, inunda seu coração no momento.

Ouve-se uma batida à porta de sua sala, e ele diz:

– Entre.

– Senhor Penido, desculpe incomodar, mas os operadores gostariam de saber se existe alguma ordem, alguma mudança. Todas as nossas linhas já foram bloqueadas, mas nem todos os trens estão vazios, senhor.

— Carlos, eu aguardo uma ligação da CDR ou do governador. Realmente não sei o que fazer ainda.

— Ok, senhor, muito obrigado. Vou manter a calma do pessoal aqui, ver o que consigo fazer.

— Obrigado, Carlos.

Após Carlos sair, Renato senta-se novamente em sua cadeira. Ele tem um metro e oitenta de altura, enormes olhos negros, cabelos encaracolados e bigode no estilo Charles Bronson. É um homem que poderia botar medo em qualquer pessoa, mas, mesmo sendo chefe, intimidar nunca foi seu forte.

Muito bom com números desde pequeno, o cargo lhe caiu no colo após casar-se com Cássia Camargo, filha de um dos maiores acionistas da CDR. Ele nunca quis o cargo nem o peso que tem; porém, contrariar a esposa, e principalmente o pai dela, não seria possível.

Renato sente seu celular tocar, estranha o número desconhecido, porém atende, com receio de ser algo importante.

— Alô?

— Renato Penido?

— Sim. Quem fala?

— Aqui é José Dário, prefeito de São Paulo.

Ao ouvir essas palavras, seu coração gela, suas mãos enormes começam a suar. Ele trava por poucos segundos, mas continua a conversa.

— Olá, senhor prefeito, a que devo a honra da ligação?

LINHA 4 AMARELA

— Pelo que me lembro, senhor Penido, o governo tem apenas que fazer as obras. Todo o resto, principalmente a segurança, fica por conta da sua empresa, não é verdade?

— Senhor, é, eu... Sinceramente... sim, senhor, é isso, somos responsáveis pela segurança.

— No caso, eu diria irresponsáveis. E diria que são responsáveis apenas pelas mortes que já aconteceram, e pior ainda, serão responsáveis por mais mortes em breve, sem ter feito nenhum anúncio oficial.

— Desculpe, mas não estou entendendo essa ligação.

— Você quer ser preso? Quer ser linchado na rua? O que acha que é pior?

O medo toma conta de Renato. Ele sente um frio na espinha, sua garganta fica seca. Respira fundo e responde:

— Senhor prefeito, eu não quero nada disso. A culpa não é minha. Nunca iríamos imaginar uma coisa dessas. Eu não consigo contato nem com o governador nem com ninguém. Estamos de mãos atadas e...

— Renato, calma! Eu entendo o seu lado, a imprensa pode não entender, mas eu entendo, sou seu amigo e vou te ajudar. Quer minha ajuda?

— Toda ajuda é bem-vinda, senhor prefeito.

— Ótimo, bom saber que tenho um aliado. Vou oferecer um acordo. Se aceitar e fizer exatamente o que eu disser, amanhã a essa hora você irá receber uma medalha com sua linda esposa. Gostaria disso?

— Eu apenas quero paz, senhor, quero que esse pânico acabe.

— Excelente, então pegue um papel e anote o que tem que fazer.

Renato, com as mãos tremendo, procura um papel em sua mesa. Ele olha para o relógio, que marca 19h50.

CAPÍTULO 9
DEMOCRACIA

**GSI – GABINETE DE
SEGURANÇA INSTITUCIONAL DA
PRESIDÊNCIA DA REPÚBLICA**

PALÁCIO DO PLANALTO – ANEXO II –
SALA 202 A – BRASÍLIA – DF – 19H55
5 MINUTOS ANTES DA SEGUNDA EXPLOSÃO

O presidente Miguel Leme, extremamente irritado, expulsa todos de seu gabinete. Vai até o minibar e se serve com um vinho tinto da Borgonha, seu favorito. Senta-se e liga novamente a tela. Disca o código da ABIN e aguarda.

Após poucos segundos, Camila Ramos atende:

– Olá, Miguel.

– Você quer me foder, Camila? Responda com sinceridade.

– De maneira alguma.

— Como fala comigo daquela maneira na frente do Jorge? E, principalmente, do imbecil do Dário?

— Miguel, eu quero o seu bem. Acredite, ninguém seria melhor que você no seu cargo. Até porque é um cargo simbólico, e, você sabe bem, suas decisões são mínimas, é apenas para o povo que você tem que manter essa pose. Jorge e Dário sabem como funciona o jogo político, e você também sabe.

— Camila, não nego que tenho muito que agradecer a você. A democracia tem muito a agradecer a você.

— Miguel, Miguel, democracia? O último resquício de democracia existente no país eu exterminei quando fizemos de tudo para colocar você no poder. E o povo, burro como sempre, achou que sua nomeação seria o primeiro passo de um efeito dominó, mas você e eu sabemos o que realmente foi.

— Não me sinto confortável em falar sobre isso ao telefone.

— Miguel, aqui é a ABIN, e esta é a minha linha, a única linha segura do Brasil inteiro. Somos nós que escutamos as conversas, não os outros.

— OK, Camila, já entendi seu ponto. O que devo fazer, então?

— Eu sabia que a dúvida era essa. Mas não se preocupe, sua tarefa é simples. Algumas pessoas vão morrer em poucos minutos, porém isso não é culpa sua, e sim do governador e da concessionária que toma conta da linha. Então fique calmo, espere a explosão, e depois faça um comunicado falando que o governador e o Estado de São Paulo têm todo o seu apoio, e que a Guarda Nacional e o Exército estão a postos, caso precisem.

– OK, e depois?

– Vá para casa receber um agrado de sua esposa, querido. Porque, com uma mulher linda e cara daquela, é o mínimo que você pode fazer. Eu já estou resolvendo tudo. Vamos desmascarar esses criminosos em breve, e o máximo que vamos ter são algumas baixas de civis e um novo governador em São Paulo, quem sabe do seu partido.

– Hum, então apenas tenho que fazer um pronunciamento após a explosão, é isso?

– Sim, e para facilitar a sua vida, o discurso já está no seu e-mail. Curto, sucinto e direto, coisa que eu gostaria que você fosse da próxima vez que me ligar. Não quero ouvir choro vindo de você. Porque esta linha aqui é segura para mim, mas para você, nem tanto. Mais uma gravação caindo nas mãos do meu juiz favorito.

– Realmente, eu entendi seu ponto. Vou aguardar, e em breve me pronuncio. Obrigado.

– Até, Miguel.

Ele desliga o telefone, e o relógio marca 19h59.

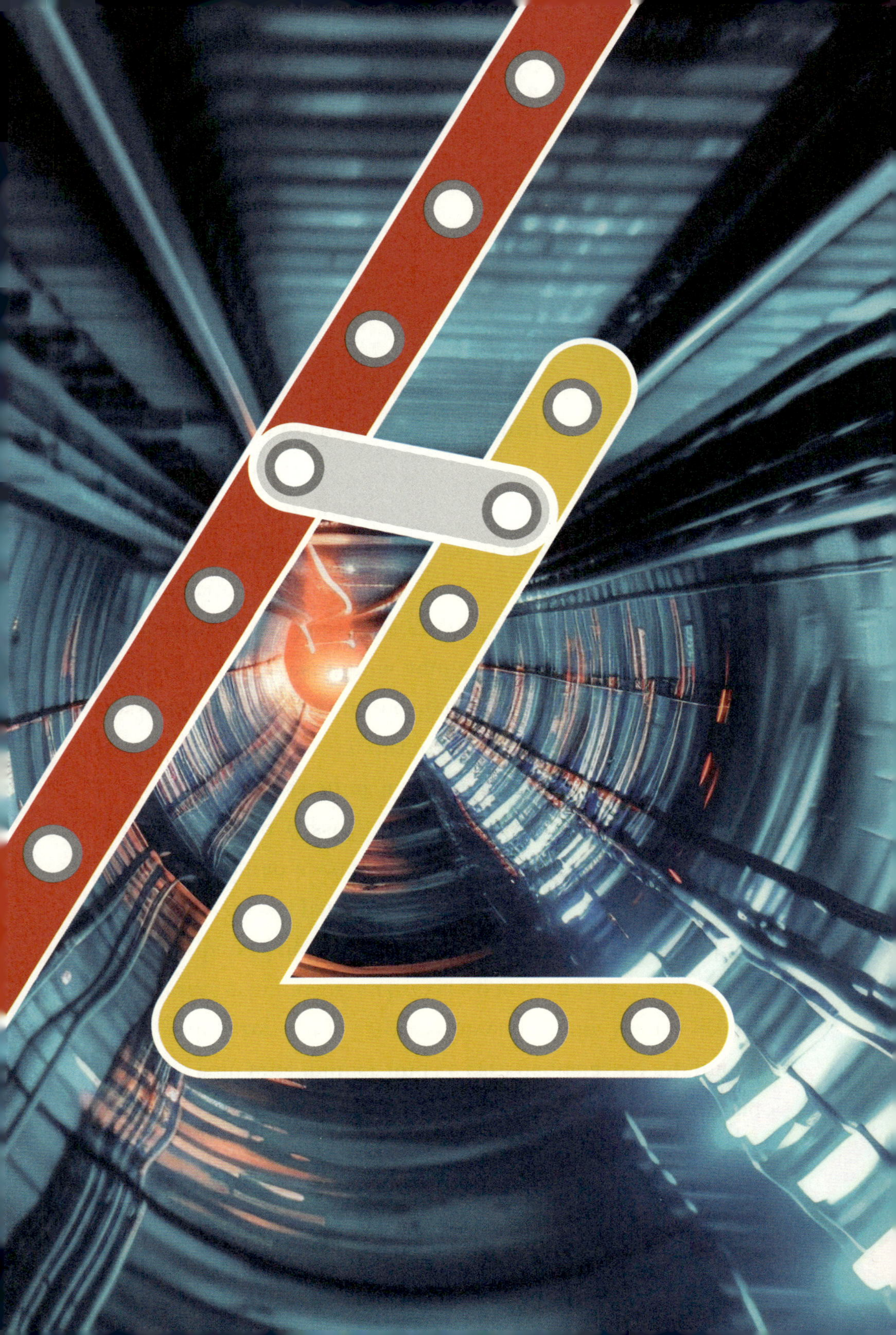

CAPÍTULO 10
PODER E SACRIFÍCIO

PALÁCIO DOS BANDEIRANTES

MORUMBI – SÃO PAULO – 19H55
5 MINUTOS ANTES DA SEGUNDA EXPLOSÃO

O governador Jorge Hackmen tenta pela terceira vez ligar para o seu filho Max e novamente ouve a mesma gravação:

– No momento, o número discado não pode atender sua chamada. Tente novamente mais tarde.

Enfurecido, joga o celular longe e se debruça sobre a mesa, com lágrimas nos olhos. Relembra que na noite passada brigou com Max porque ele apareceu com o cabelo verde. Sabe que tudo o que o filho faz é para chamar sua atenção, mas não entende o motivo.

Max sempre foi o seu favorito, seu bebê. Ele não entendia o porquê de tanta revolta naquele menino, que ele carregou no colo por tanto tempo. Que vinha para perto dele à noite, com medo de dormir sozinho. E que o chamava de herói.

Papai Herói. Ele guarda até hoje o desenho que Max fez aos seis anos de idade. Para o filho, era um herói – coisa que nunca quis realmente ser. Preferia ser pai a ser o herói. O protagonismo nunca foi o seu grande sonho, e mesmo nas campanhas para presidente foi mais para não perder pontos com o partido.

Tanto que odeia o prefeito, por inveja de não ser como ele. E por não saber o que fazer sem o poder. Como poderia cuidar bem dos filhos sem ser governador? Conseguir a presidência, para ele, é um ato de amor – maior do que a gana por poder. Mas de que adiantaria ser presidente sem ter Max?

Ele ouve o telefone tocar, seu coração se enche de esperança, corre para pegar o celular no chão. Vê o número. É Lívia, exatamente o que ele não precisava enfrentar agora. Respira fundo e atende o celular.

– Oi, amor.

– Jorge, diz para mim que você conseguiu falar com o Max.

– Eu tentei algumas vezes. Está fora de área.

– Uns cinco minutos antes da explosão, eu liguei para ele. Tinha acabado de entrar no metrô. Agora já está em todos os jornais que ele está preso lá.

– O quê? Em todos os jornais? Como assim?

– Um radialista deu a notícia, e agora só falam nisso. O que houve, amor? Quem são esses caras?

– Nós não sabemos de nada ainda.

LINHA 4 AMARELA

– Por favor, só você pode parar isso. Aceite as exigências deles. A nossa família é mais importante.

– Eu sei, eu sei que é.

– Então por que até agora você ainda não se pronunciou? Faltam poucos minutos! E se realmente explodirem outra bomba? E se forem atrás do Max lá dentro?

– Eles estão blefando, amor, tenho certeza.

– Não podemos arriscar a vida do nosso filho.

– Não posso negociar com terroristas.

Diante da resposta efusiva do marido, Lívia grita:

– É NOSSO FILHO, JORGE! Não finja que isso é política, porque não é! Não adianta nada ter dinheiro sem ter o nosso pequeno! – ela diz isso engasgando com o próprio choro.

– Tudo vai ficar bem, confia em mim.

– É o nosso bebê, Jorge. Salve nosso bebê.

– Eu tenho que ir. Nos falamos depois. Te amo.

Ao ver que Jorge desligou, Lívia cai em prantos ao lado do telefone. Ela sabe que, após terem explodido as saídas da estação, os terroristas não estão blefando. E, pior ainda, sente que seu marido também tem certeza disso. Seu coração dói, uma dor aguda, pela possível perda do filho e pela transformação do marido em um monstro.

No Palácio dos Bandeirantes, Jorge Hackmen está paralisado, preso em pensamentos. Olha para o relógio e ora em silêncio para que não aconteça nada no próximo minuto.

O relógio marca 19h59.

51

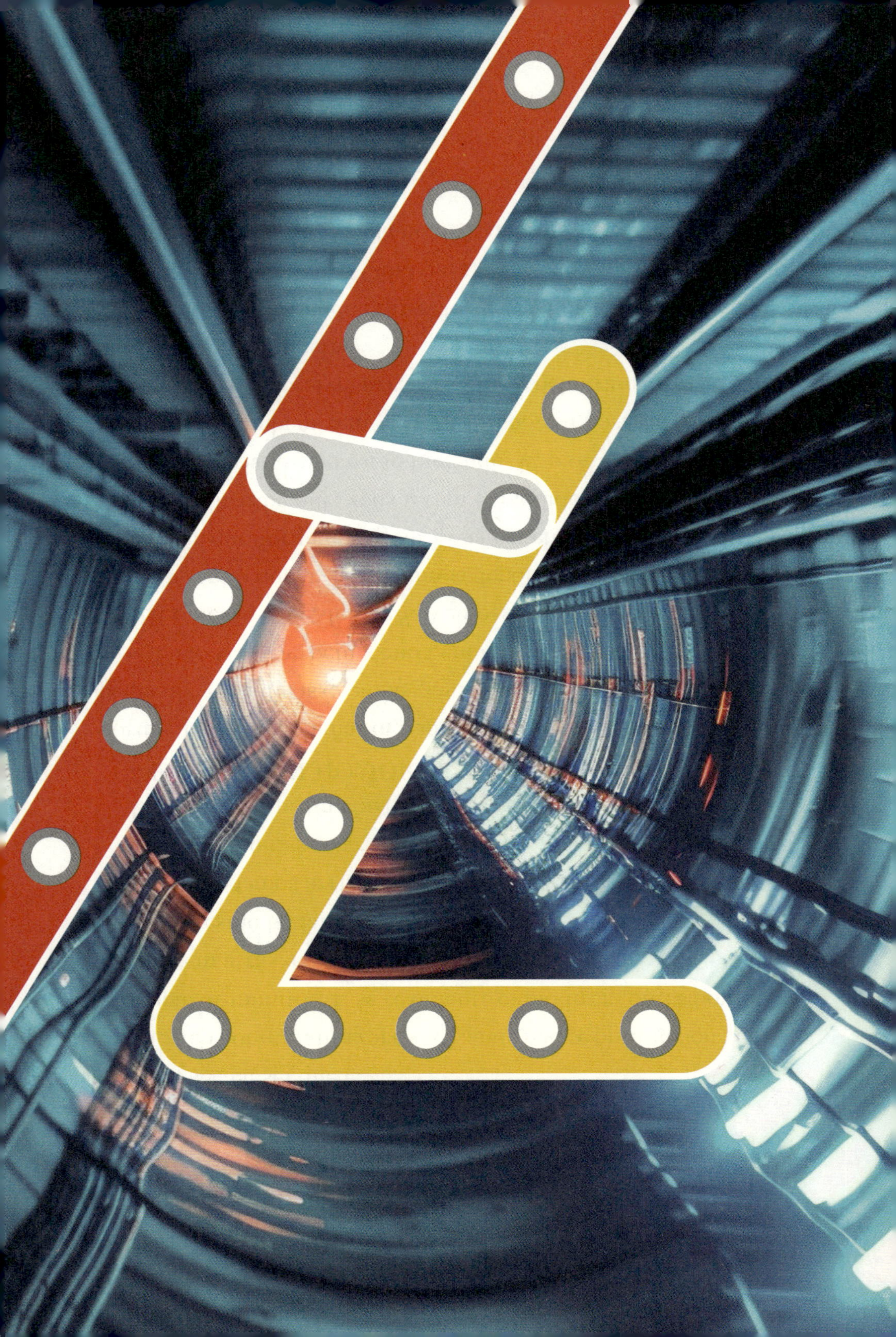

CAPÍTULO 11
AO VIVO

AVENIDA PAULISTA, 2230

SÃO PAULO - RÁDIO MISS FM - 19H54
6 MINUTOS ANTES DA SEGUNDA EXPLOSÃO

Rod White está atônito. Após ter sido ameaçado, pensou em diversas maneiras de sair do prédio, mas não podia abandonar Samuka. E não podia contar nada para ele, o que era ainda pior.

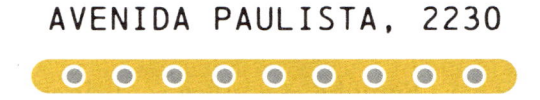

Eram mais de dez anos trabalhando juntos, e Rod sempre valorizou as poucas e verdadeiras amizades. E a grande realidade, nesse meio midiático das rádios, é que são extremamente escassas as situações de amizade.

Rod, mesmo não aparentando, com seus cabelos e barba ruivos, várias tatuagens espalhadas em um metro e oitenta e dois de altura, é da velha guarda radialista. Formado no curso do

Senac em Santos, foi um dos primeiros santistas a subir a Serra e dar certo em uma grande rádio paulistana, coisa que depois até virou padrão. Com sua língua afiada e estilo despojado, quase foi parar na MTV em seu auge, mas por uma "cagada da vida", como o próprio diz, acabou não dando certo.

Ele olha para fora e vê uma forma feminina batendo no vidro e chamando-o. Observa bem a moça de cima a baixo e simplesmente pensa: *Uau! Que maravilha.*

Rod aponta para Samuka, e a moça se dirige à porta de entrada. No mesmo momento, o celular dele toca:

— Alô?

— Olá novamente. Antes de te dar qualquer informação, apenas gostaria de avisar: se você abrir a boca sobre qualquer coisa para essa senhorita que acabou de chegar, vai acabar tendo que recolher o cérebro do seu amigo do chão do estúdio.

Rod olha preocupado para fora e vê a moça entrando na recepção para falar com Samuka. Ele respira fundo e diz:

— Ok, amigo, isso não será problema. Alguma novidade pra mim?

— Sim, olhe para o seu computador; o resto é autoexplicativo. Nos falamos depois. Até.

Desliga o telefone e vê que estranhamente está aberto um vídeo em seu PC com o título: "SETE – Ato 1", porém a tela está preta.

Nessa mesma hora, Liv entra na sala. Compenetrado na tela preta contando o tempo, nem percebe que ela parou ao seu lado e o ficou observando, sem fazer alarde. Do nada, a câmera no vídeo se movimenta. Rod toma um susto e se joga para trás. Nisso sente o corpo atrás dele, então se vira e toma outro susto. Ainda retomando o fôlego, diz:

— A senhorita é linda, mas quase me mata do coração agora.

Ela ignora o comentário e diz:

— São câmeras e estão ao vivo no metrô. Como conseguiu esse acesso?

Ele se vira rapidamente e percebe que é realmente aquilo: câmeras móveis dentro da Linha 4. Embaixo aparece o número da câmera; e em cima, em vermelho, vê-se um grande relógio que marca 19h57. Vendo a hora marcada, ele interrompe "TNT", do AC/DC, e entra ao vivo:

— Desculpem interromper, mas estava fuçando a internet e encontrei o que achei ser um vídeo. O título é "SETE – Ato 1". Porém é bem pior que isso: trata-se de uma transmissão ao vivo, mostrando cenas de dentro da Linha 4. Acabei de divulgar o link na minha página do Face. Até agora, nem governo nem metrô se posicionaram sobre os ataques, e aqui no vídeo mostra que faltam dois minutos para eles provocarem uma nova explosão. Será mesmo que os governantes estão simplesmente cagando para o povo? Eu estou exatamente em cima do metrô, então vou procurar um lugar para me segurar aqui, caso haja mesmo a explosão. Vamos, cada um com sua fé, torcer para que isso não aconteça. Agora fiquem com Titãs, "Bichos escrotos".

Ele solta o som, tira os fones e vê Samuka entrando desesperado:

— Porra, Rod, tá rolando esse vídeo mesmo? Como você ficou sabendo, mano?

Liv olha séria para Rod e complementa:

— É exatamente isso que eu gostaria de saber, senhor White. O relógio marca 19h59.

CAPÍTULO 12
RONALD

AV. JOSÉ PINHEIRO BORGES, 806 - ITAQUERA

SÃO PAULO - SMOKE BEER - 16H30
1 HORA E 46 MINUTOS ANTES DA PRIMEIRA EXPLOSÃO

Ronald resolve tomar uma última cerveja antes do seu compromisso – cerveja que para ele será como a primeira, porque faz seis anos que parou de beber, após uma crise em seu casamento por causa do álcool.

O dono do local, um barbudo alto com cabelos negros penteados para o lado, chamado Leo, estranha receber um cliente tão cedo. Ele mal terminou de abrir o bar e Ronald entrou como uma bala, sentando-se na primeira cadeira que viu:

– Uma cerveja, por favor!

– Opa, tudo bem, meu amigo. Qual cerveja?

– A maior e mais forte que tiver.

Leo estranha o pedido, mas vai até a geladeira e pega uma Faxe 10%. Ele vai servir a cerveja e Ronald o interrompe:

– Cara, nem precisa de copo, relaxa.

Leo apenas assente com a cabeça e vai para trás do balcão, onde sua esposa, Gil, está organizando o caixa.

– Ei, Gil, você viu que cara estranho? Ele está suando como um porco.

Gil para e analisa. Ronald tem quase um metro e noventa de altura e mais de cem quilos, vinte deles adquiridos após parar de beber, o que sempre o frustrou. Com um rosto meio indiano e um sorriso enorme, tipo bocão da gelatina Royal, o seu semblante sempre foi o de uma pessoa alegre, mas não naquele momento.

Ele bebe a cerveja em goles homeopáticos, com o suor saindo de todas as suas entranhas, extremamente perceptível pela camisa branca social encharcada por baixo do terno preto.

Após analisar bem, Gil comenta:

– A gente já recebeu pessoas mais estranhas aqui, Leo. Ele deve estar em um dia ruim.

Ela não imagina o quão ruim está o dia dele – na realidade, como está o seu mês. Perdeu o emprego há trinta dias, por "corte de pessoal", o que o jogou em uma depressão profunda. Porém, como chefe de família, no estilo totalmente patriarcal mesmo, não se sentiu no direito de contar à esposa e continuou indo todos os dias para o "trabalho". Saía e procurava emprego, fazendo isso por vinte e sete dias.

Com uma pequena menina de quatro anos e um menino de sete, não conseguia aceitar aquilo. Ele não podia aceitar aquilo.

No vigésimo oitavo dia de sua incessante busca, já eram dezessete horas e ele não havia conseguido nada. Entrou num local chamado Café 10, no centro da cidade, pediu um expresso e se sentou na cadeira em frente ao balcão. Alguns segundos depois, um rapaz jovem sentou-se ao seu lado. Ronald olhou bem e não achou estranho aquele rosto, parecia alguém bem familiar.

O rapaz começou a falar:

— Ronald, e se eu te der sete bons motivos para não ficar preocupado nunca mais?

Ronald olhou espantado. Como ele sabia seu nome? Após o choque momentâneo, ele perguntou:

— Desculpa, mas a gente se conhece?

— Nós conhecemos todos, Ronald. Eu sei dos seus problemas. — Ele pôs a mão no bolso e tirou um envelope. — Hoje seria o dia do seu vale por fora na empresa, certo? Aqui está o valor exato. Você vai poder chegar em casa e prover tudo de que sua família precisa, mantendo a fachada de que está trabalhando.

— Desculpe, mas eu não estou entendendo mesmo. Quem é você?

— A pergunta principal é: quem é você? Um rapaz que não conseguirá emprego e fará sua família morrer de fome, ou o cara que vai aceitar minha proposta e fazer sua família nunca mais passar por dificuldade?

— Isso só pode ser um tipo de pegadinha, né? Onde estão as câmeras?

— Ron, as câmeras estão em todos os lugares. O envelope está aqui. Eu vou embora. Caso você deixe o envelope, um sortudo terá um dia fantástico, e, caso você leve o envelope, eu te ligarei amanhã às 7h14 da manhã. A escolha é sua!

O rapaz disse isso e saiu do estabelecimento. Ronald ficou olhando o envelope, atônito, sem entender nada. Ele conferiu o envelope e viu várias notas de 100, realmente tudo de que ele precisava. Mas que loucura seria aquela? Como o cara sabia seu nome e seus problemas? Porque ele lhe deu dinheiro? Qual seria a tal proposta?

Ronald encarou o envelope, com uma forte vontade de guardá-lo. Lembrou-se de sua filha, que pela manhã, antes de ele sair, pediu que lhe comprasse bombom. Era o doce preferido de sua pequena. Mas não podia pegar aquele dinheiro: havia algo de muito errado ali, tinha certeza disso.

Levantou-se, decidido a deixar o dinheiro lá. Foi ao caixa, pagou seu café. Quando estava saindo, ouviu um grito:

— Senhor! Senhor! Você esqueceu isto.

A atendente correu até ele com o envelope na mão. Ronald titubeou, sua mão estava molhada de suor. Pensou por mais alguns segundos, e ergueu a mão, pegou o envelope e o guardou no bolso.

— Muito obrigado, moça.

A atendente sorriu e voltou para o seu trabalho. Ronald preferia acreditar que aquilo foi apenas um golpe de sorte e que ninguém ligaria para ele no dia seguinte. Passou em um mercado, comprou bombons e voltou para casa.

No outro dia, acordou exatamente às 6 horas e correu para o banheiro. Sua mulher olhou para ele sorrindo e disse:

— Calma, Ron, não vão te mandar embora se atrasar cinco minutos. Você está dentro do horário.

Ao ouvir isso, seu coração pulou uma batida. Ele se recompôs do susto, sorriu para ela e disse:

— Amor, hoje tenho uma reunião muito importante. Realmente não posso atrasar.

— Eu sei, meu bem. Então corre.

Após tomar banho e se trocar, saiu pontualmente às 6h30, após dar um beijo em sua esposa e colocar o paletó do terno. Ele mora próximo ao metrô, então decidiu ir andando até a estação Itaquera. Andava olhando a hora no celular a cada segundo, pensando se realmente iriam ligar ou se ele havia se dado bem.

Chegou à estação Itaquera às 6h50, pegou seu bilhete e tomou o metrô sentido Barra Funda.

⬤○○○○○○○○ ESTAÇÃO ARTHUR ALVIM
Seu relógio marcava 6h54; o tempo parecia não passar.

⬤○○○○○○○○ ESTAÇÃO PATRIARCA, 6h56.
Já estava ficando desesperado. Pensou em desligar o celular, esquecer aquilo e ir em busca de emprego. Uma hora teria de conseguir.

ESTAÇÃO GUILHERMINA ESPERANÇA, 6h59. Faltavam apenas quinze minutos, e ele não sabia se ficava feliz ou se entrava em desespero.

ESTAÇÃO VILA MATILDE, 7h02. Ele sentiu náuseas. Por que diabos foi aceitar aquele dinheiro? O suor já inundava todo o seu corpo. Ele odiava isso. Não conseguia disfarçar o nervosismo, porque transpirava muito. Todos no metrô olhavam para ele. Será que eles sabiam? Deviam estar todos julgando, só podia ser.

ESTAÇÃO PENHA, 7h05. Pensou em descer ali mesmo e jogar o celular na linha do trem, assim se livraria daquele problema.

ESTAÇÃO CARRÃO, 7h08. Olhou para o lado e viu um homem alto, também de terno, encarando-o. Olhou para o outro lado e viu uma senhorita grávida olhando sério para ele. Estaria imaginando coisas ou realmente todos estavam olhando para ele? Seria pelo suor? Ou sabiam o que ele fez? Seria a polícia? Ou apenas um programa de pegadinha mesmo?

ESTAÇÃO TATUAPÉ, 7h11. Subitamente decidiu descer. Pulou do vagão e foi em direção à escada rolante que dava nas catracas. Enquanto a escada subia, foi como se ele descesse cada vez mais, perdido num labirinto de culpa e de medo. Conseguia sentir seu coração bater forte, e o suor piorava ainda mais.

Ao chegar ao final da escada, recostou ao lado da SSO. Pegou o celular e olhou: 7h13. A hora da verdade se aproximava. Será que iam realmente ligar?

Ficou olhando o ponteiro do enorme relógio na estação Tatuapé, e era como se estivesse dentro do aparelho, correndo daquele ponteiro. O relógio marcava 7h14, e no mesmo momento seu celular tocou. Tomou um susto, e não conseguia acreditar na sincronia de quem estava ligando.

– Alô?

– Olá, Ronald. Fico feliz que tenha aceitado. Por favor, saia da catraca e me encontre no estacionamento do Shopping Boulevard, no primeiro subsolo.

Não conseguia acreditar. Como eles sabiam que ele estaria ali? Aquilo era impossível e improvável. Ronald disse:

– E como vou saber quem é você?

– Você não precisa saber. Eu sei. Venha agora.

Ronald ouviu o celular ser desligado do outro lado, e travou por alguns segundos. Por que aquilo estava acontecendo com ele?

Saiu da catraca e foi em direção ao estacionamento do shopping, imerso em culpa e preocupação, quando trombou em uma moça pequena, cheia de tatuagens. Ele olhou para a moça e disse, envergonhado:

— Desculpe, senhora!

Ela apenas olhou para ele, abriu um sorriso, deu uma piscadela e saiu andando. Ronald também continuou andando. Chegou à entrada do shopping e foi em direção à escada rolante.

Quando chegou ao local, reconheceu logo de cara a pessoa que ia encontrar. O cara alto que estava ao lado dele no metrô estava ali parado, e, assim que Ronald apareceu, foi encarado com firmeza. Ele se aproximou, e o homem disse:

— Prazer, sou o agente R. Você deve ser o Ronald, certo?

Agente R? O que era aquilo? *MIB – Homens de Preto?*

— Sim, sou o Ronald. Eu vi você no metrô.

— Que bom para você, mas vamos aos negócios. Nesta pasta está um seguro de vida no valor de um milhão de reais.

— Ok, um seguro de vida, tudo bem. A proposta, então, é para a venda de seguros? Sou muito bom vendedor, cara.

— Não, senhor Ronald, não existe uma proposta, e sim um acordo, que já foi firmado quando você aceitou o dinheiro. E, como o meu colega te disse ontem, sua família estará amparada, segura e rica pelo resto da vida.

— Ok, isso é muito bom. Mas e eu, o que tenho que fazer?

— Seu trabalho é simples. Você tem que morrer, Ronald.

CAPÍTULO 13
O INFERNO DE DANTE

ESTAÇÃO CONSOLAÇÃO

ACESSO À LINHA 4 AMARELA – 18H23
7 MINUTOS APÓS A PRIMEIRA EXPLOSÃO

Abre os olhos, mas não consegue respirar. Puxa o ar, e seus pulmões se enchem de gás tóxico. Vira-se para o lado e começa a tossir. "Que porra será que aconteceu?", pensa, olhando para os lados e vendo pouco. Há muita fumaça e resquícios de fogo ao fundo. Parece uma imagem digna de filmes de desastres hollywoodianos.

Percebe que sua cabeça está sangrando quando passa a mão e sente o líquido quente verter. Seu braço esquerdo dói muito. Puxa novamente o ar, conseguindo respirar um pouco dessa vez. Lembra-se de que tem uma bandana amarrada na perna, mas algo muito pesado está sobre ela. Com sua mão esquerda tenta alcançar o carregador portátil com lanterna que está em seu bolso.

Após um longo esforço, consegue. Em seguida, ilumina sua perna e vê a pior cena de sua vida. Em cima da perna direita está um dos bancos do metrô; e entre sua perna e o banco consegue distinguir os cabelos brancos de uma senhora. Vê que o sangue jorra da têmpora dela, e que o banco em cima não está ajudando em nada.

Com uma força descomunal que nem ele sabia que tinha, aquela que dizem que surge nos momentos de pânico, consegue empurrar a senhora e o banco, tirando-os de cima de si. Olha pra baixo e vê que, mesmo com o susto, está bem. A perna está arroxeada, mas percebe que não quebrou nada.

Pega a bandana amarrada em sua calça e a amarra na cabeça, para estancar o sangue. Assim como fazem nos filmes de guerra. Olha para o lado e vê o corpo inerte da senhora, que, agora deitada de costas, está visivelmente morta.

Ele sente náuseas. Nunca havia visto alguém morto, e não gostou de ver. Extremamente enjoado, tenta desviar o olhar. Ainda sob efeito do barulho da explosão, ouve um zunido constante, que aos poucos vai se dissipando, dando-lhe um pouco mais de noção de onde está.

Ouve gritos e choros, vindos dos mais diferentes lugares, mas um choro em especial lhe chama a atenção. Tenta se equilibrar. Olha ao redor, dois bancos e um trilho estão lateralmente jogados à sua frente, e ele sabe que um barulho está saindo dali.

Seu nome é Dante, nome que ele odeia. Filho de dois professores de literatura apaixonados por *A Divina Comédia*, ele tem dezenove anos e está passando por uma onda punk.

"Punk de verdade, aqui não é modinha", diz isso para qualquer um que ouve Green Day em vez de Ramones, Sex Pistols e seus favoritos nacionais, Cólera e Garotos Podres.

Após assistir a um documentário nacional sobre o estilo, ele realmente se transformou, usando toda a indumentária, com coturno, camisetas rasgadas, *spikes* e seu cabelo moicano clássico na cor azul.

"Magro feito um varapau, e ainda com esse cabelo, parece uma vassoura!", é a frase favorita de seu pai, mas ele está realmente cagando para a opinião alheia. Sente-se abraçado pelo estilo e vê nas letras a sua vida.

Dois meses antes, em uma festa no ABC, havia transado com Layla, o que chamou de "estreia de gala", regada a Corote e muito pó. Layla ficou sabendo da virgindade de Dante e logo se interessou pelo garoto. A Devoradora, era o apelido dela no "rolê", e foi realmente o que fez – devorou-o sem dó ou piedade. Após a festa, Layla nunca mais olhou na cara de Dante nem conversou com ele, o que para ele também não fez a mínima diferença. Exatamente por isso estranhou uma mensagem no Whatsapp pela manhã – principalmente por ser de manhã.

LAYLA: *Dante, é a Layla, tá por aí?*
DANTE: *Fala, Devoradora, já deu saudade do novinho aqui? :p*

LAYLA: *Se toca, ô da creche. Transar com você ou com uma árvore é a mesma coisa mas seria melhor com uma árvore porque ela não gozaria dentro sem camisinha.*

DANTE: *Camisinha? Que nada, aqui é no pelo :P*

LAYLA: *Então aguenta e assume. Tô grávida, pivete.*

DANTE: *Ôxe, tá bem loca? O filho pode ser meu como pode ser de qualquer um do rolê.*

LAYLA: *Não preciso de lição de moral sua. Nem tenho que explicar nada, porque eu dou mesmo quando quero e pra quem quero. Mas o único idiota que me comeu sem camisinha e gozou dentro foi você. agora temos que resolver isso.*

DANTE: *Vc tem certeza disso?*

LAYLA: *Tenho mas não se preocupa, trouxa, vamo arrancar esse boneco daqui hoje mesmo. Só quero 150 conto que tenho o lugar. Me tromba no túnel entre a Consolação e a Paulista. Ali na Linha 4 do metrô que eu vou e me viro.*

DANTE: *Você vai abortar?*

LAYLA: *Que foi? Te deu consciência agora? Não seria o primeiro, nem vai ser o último. Tenho 40 anos e daqui não sai mais nada, só entra.*

DANTE: *Mas são dois meses já, é um ser vivo, pô.*

LAYLA: *Você vai criar ele sozinho, caralho? Vai assumir e levar pra você? Você não tem onde cair morto, então FODA-SE. Vai me encontrar ou não? Se não me der a grana, eu arranjo, mas espalho no rolê que você não assume suas merdas.*

DANTE: *Vc é ridícula. Mas, beleza. Te trombo 18h20 lá então.*

LAYLA: *Beleza, e leva a grana. Pede pra mamãe e diz que é pra comprar doce.*

Ele olha aquela conversa e guarda o celular. Sente a maior tristeza de toda a sua vida. Sempre quis ser pai. E, mesmo se fosse de alguém sem noção como Layla, tinha certeza de que seria o melhor pai do mundo. Mas sabia que não teria como convencer a Devoradora. Ela não ia querer ficar meses sem beber, transar ou cheirar, e isso seria horrível para o filho dele. Então, desencanou e foi para o metrô. A última lembrança antes da explosão é de ouvir um barulho e depois não ver mais nada.

Mas agora já está em pé novamente e continua ouvindo aquele choro, fininho. Será que trouxeram um cachorro para o metrô? Dá dois passos para a frente e vê um bracinho balançando. Dá mais dois passos, empurra o banco para o lado e vê um menino:

– Me ajuda, por favor, moço – diz o garoto, debulhado em lágrimas.

As perninhas do menino estão embaixo de outras duas pessoas, também mortas. Dante arranca coragem de onde ele nem sabia que tinha, empurra os dois corpos para o lado e puxa o menino pelos braços. Após conseguir erguê-lo, é abraçado pelo menino com força.

– Cadê minha vó? Você viu minha vó?

Dante coloca o menino no chão, abaixa-se e fala com calma:

– Oi, eu não vi sua vó. Tipo, aconteceu alguma merda, tipo, uma coisa muito ruim aqui, pivete, tá ligado? Você tá bem? Tá com alguma dor?

– Tio, eu tô bem, mas queria a minha vó. Ela estava comigo.

– Beleza, anão, seguinte: nós vamos achar sua vó, mas antes temos que ver onde é seguro aqui. Você vem comigo, na boa?

– Você fala engraçado, tio, mas vou, sim. Na boa – diz o menino, dando ênfase na gíria de Dante.

– Fechou então, agora somos brothers. Como é seu nome, pivete?

– Eu chamo Joaquim, tio, Joaquim Ramos, tenho sete anos.

CAPÍTULO 14
EM NOME DA MÃE

ESTACIONAMENTO - 1º SUBSOLO

SHOPPING BOULEVARD TATUAPÉ - 07H20
2 DIAS ANTES DA PRIMEIRA EXPLOSÃO

Ronald ouve aquelas palavras e fica estático. Sente seu coração gelar.

— Fique sossegado, Ronald, você não vai morrer hoje. Venha comigo.

O Agente R sai andando, e Ronald, mesmo extremamente assustado, segue-o pelo estacionamento vazio.

Olha para a frente e vê dois carros pretos com *Insulfilm* se aproximando pelo estacionamento vazio. Os carros param exatamente um de cada lado dele. O Agente R abre a porta e pede para ele entrar. Ele titubeia por alguns segundos, mas, vendo o olhar sanguinário de R, resolve entrar.

– Agora coloque isto na cabeça. R dá para Ronald um capuz preto de pano. – E depois a Mãe vai sentar ao seu lado e falar contigo.

Automaticamente, Ronald pega o capuz e o veste. Ouve o barulho de sua porta fechando. Segundos depois, ouve a porta do outro carro abrindo, e a porta do carro em que está se abre também. Ele sente o corpo ao seu lado e ouve novamente a porta fechando.

Por mais de um minuto, ouve-se apenas a respiração dele e dela. Ronald, já desesperado com o silêncio, pergunta:

– Mãe?

– Muito bem. Olá, filho. Fico muito feliz por ter se juntado a nós. Acho que ainda não te explicaram o que você vai fazer, certo?

– O R disse que eu tenho que morrer.

– Isso é uma visão muito limitada. Eu diria que você tem de ajudar o país a mudar. Que, graças a você, seus filhos vão viver num país melhor, com mais segurança, com novas leis. Um país justo, Ronald.

Ele engole em seco. A voz daquela mulher é totalmente formal e direta e o deixa ainda mais assustado. Após um longo silêncio, Ronald fala:

– E o que tenho que fazer?

– Filho, primeiramente você vai cuidar de sua família. Tenho aqui uma mala com cem mil reais. Leve para sua casa. Em cima desta mala está seu seguro de vida no valor de um milhão. Quando eu sair, quero que você assine e entregue ao R. Ao lado da mala tem uma mochila também; leve para casa.

— E o que devo fazer com tudo isso?

— Me chame de Mãe.

— O quê?

— O certo é: "E o que tenho que fazer com tudo isso, Mãe?". Repita agora!

Ronald estranha, acha aquilo uma loucura muito grande, porém, não querendo contrariar, diz:

— E o que devo fazer com tudo isso, Mãe?

— Simples, filho. O seguro vai proteger sua família, caso lhe aconteça algo. A mala com o dinheiro você deixa em algum lugar na sua casa, e, caso não te aconteça nada, ele estará lá e também vai proteger você e sua família. E a mochila você leva para casa e, amanhã, exatamente às 16 horas, eu te ligarei para falar o que tem de fazer com ela, ok?

— Ok.

— Como é, filho? Não entendi.

— Ok, Mãe, obrigado.

— Não me agradeça. A partir de agora eu te batizo de Dois; esse será seu novo nome. Aproveite o dia com sua família hoje e não tente fazer nenhuma gracinha, porque nós estamos de olho em você. Tenha um bom dia, filho.

Ela sai do carro e entra no outro. Ele ouve o outro carro acelerando, e em seguida a voz do Agente R:

— Pode tirar o capuz, Dois.

Ronald tira o capuz e olha para R. Lágrimas escorrem do seu olho.

— O que faço agora, R?

— Pegue esta caneta, assine e rubrique todas as vias do seu seguro, e depois me dê.

Ronald pega a caneta tremendo e assina cada folha, com muita dificuldade.

— Obrigado, Dois. Agora tome o seu celular. Amanhã, às 16 horas, esteja pronto para sair, e não esqueça a mochila.

Ronald toma um susto ao perceber que aquele é realmente seu celular. Nem havia percebido que estava sem ele. Ainda tentando entender como aquilo ocorreu, pergunta:

— Como você fez isso?

— Eu não fiz nada. Essa no banco da frente é a Agente L. Acho que vocês se viram no metrô, certo?

Ronald olha e reconhece a moça tatuada que trombou com ele próximo à catraca. Ela se vira, sorri e dá uma piscadinha.

— Eu nem percebi que ela pegou meu celular.

— Esse é o trabalho dela. Se você tivesse percebido, ela não seria a melhor no que faz. Agora seu celular está seguro, e saberemos se você estiver falando demais. Vou te levar até sua casa, para poder guardar essas coisas com cuidado.

R fecha a porta do passageiro e entra no carro, sentando no banco do motorista. Dá um sorriso para L, coloca o cinto e acelera.

No caminho, a cabeça de Ronald dá diversas voltas. Aquilo tudo ainda é muita loucura. Como um simples envelope de dinheiro o levou a tudo isso? Por que ele?

— Por que eu? — pergunta Ronald em voz alta.

R o ignora, mas L se vira e responde sorrindo:

— Porque a Mãe te escolheu. Entre milhares de pessoas, você está entre os 7 escolhidos da Mãe. Eu morro de inveja de você.

Ela termina de falar, olha com uma cara sapeca, sorri e vira-se novamente para a frente. Minutos depois, R para o carro em frente à casa de Ronald. Sai do carro e abre a porta de trás:

— Dois, aproveite seu dia. Não faça gracinhas, e amanhã às 16 horas esteja preparado.

Ele espera Ronald sair, com a mala e a mochila. Logo em seguida entra no carro e acelera.

L sorri pelo retrovisor.

Ronald abre a porta de casa, esconde a mala e a mochila na sua parte do guarda-roupa, tira a roupa e vai tomar um longo banho.

Horas depois, ele abre a mala. Fica hipnotizado com tanto dinheiro. Após o choque inicial, pega algumas notas e vai até o mercado. Compra uma caixa de bombons, vinho e ingredientes para uma lasanha.

Quando sua esposa chega, estranha a mesa arrumada e aquela linda lasanha.

— Papaiiiiiiiiii! — as duas crianças correm para os braços do pai.

Sua esposa o beija, sorri e diz:

– Oi, amor... Chegou mais cedo, fez o jantar... Estamos comemorando algo?

– Estou comemorando a família mais linda do mundo. Hoje me toquei que sem minha família eu não sou nada, e que eu seria capaz de morrer por vocês.

Ela estranha o tom choroso de Ronald, mas o abraça com toda a força, seguida pelos filhos.

– Nós te amamos, papai.

– Eu também amo vocês! E tem bombom de sobremesa, viu?

Aquele, sem dúvida, foi o melhor jantar dos últimos anos da família Manzana. Após colocar as crianças para dormir, Ronald para e fica olhando seus dois filhos, a razão de sua felicidade. Vai para o quarto, tira a roupa e deita ao lado da esposa, que vira e pergunta:

– Amor, eu amei o dia de hoje, mas você está estranho. Aconteceu algo?

– Liz, eu só quero fazer amor com você.

Diz isso e beija sofregamente sua esposa, com um desejo extremamente intenso, como há muito tempo aquele casal não tinha. Fizeram amor por horas e de todas de maneiras imagináveis. Era como se todos os problemas tivessem sumido e apenas os dois existissem.

Adormeceram abraçados, como dois jovens amantes.

CAPÍTULO 15
DESPEDIDA

CASA DE RONALD

ITAQUERA – SÃO PAULO – 06H16
12 HORAS ANTES DA PRIMEIRA EXPLOSÃO

— Amor, você vai se atrasar para o trabalho.

Ronald olha sua esposa, enrolada na coberta, e lhe dá um longo beijo.

— Hoje eu tenho uma reunião apenas à tarde, amor, então vou dormir mais. Tudo bem?

— Sim. Antes de sair, eu e as crianças voltamos aqui pra dar um beijo em você.

— Fica comigo? Pelo menos até às 7 horas? Abraçadinhos... Dá tempo, você não vai atrasar.

Ela olha para ele com ternura e deita novamente. Ele adormece e é acordado às 8 horas, com seus dois pequenos lhe dando vários beijos.

77

– Meus lindos, amo tanto vocês...

Ele faz cócegas nos filhos, que caem na risada.

– Agora me ouçam bem: quero que vão pra escola, se divirtam muito e saibam que o papai ama vocês, mais do que qualquer coisa no mundo.

Abraça os dois com ternura, sentindo o amor em cada centímetro de suas crianças. Após o longo abraço, eles correm, animados com a escola.

– Amor, eu amei a noite de ontem. Vamos repetir em breve. Mas dessa vez eu farei um jantar especial para você.

Ela sorri, e Ronald se lembra da primeira vez que viu aquele sorriso e de tudo que passaram nesses anos juntos.

Ele a abraça, tira o cabelo do rosto dela e a traz para seu peito. Respira fundo e diz:

– Você é e sempre foi a mulher da minha vida. E, se eu morresse hoje, seria feliz por ter conhecido um anjo que fez com que tudo fizesse sentido. Te amo, amor.

– Nossa, hein... Se eu não tivesse que trabalhar, passaria o dia na cama com você, mas juro que à noite eu te compenso. Também te amo.

Ela sai da cama e vai embora com os filhos.

Quando ouve a porta de sua casa se fechar e sua família sair de carro, Ronald começa a chorar copiosamente. Ele sente como se sua vida se esvaísse a cada minuto. Resolve tomar um banho e, depois, café.

Exatamente às 10h30, seu celular toca:

— Sr. Ronald?

- Sim, sou eu. Quem fala?

— Meu nome é Bianca, e gostaria de agradecer por se juntar a nós. Seu seguro está aprovado, e agora sua família está protegida, e o senhor, segurado.

— Muito obrigado, Bianca. Mais alguma coisa?

— Não, senhor. A Porto agradece a preferência e tenha um bom dia.

Ele dá um leve sorriso. "Minha família está segura", pensa ele, e sente orgulho de si mesmo. Pega a xícara de café e liga o rádio, que está sintonizado na MISS FM. Relaxa ouvindo um lindo som da banda Kansas.

Às 15h59, Ronald já está trocado, sentado, com a mochila em cima da mesa, esperando a ligação, que ele sabe que será pontual. Às 16 horas, o celular toca, e do outro lado está uma voz que ele nunca ouviu antes:

— Dois?

— Sou eu. Quem fala?

— Sou apenas um filho, como você. Quero que saia agora, coloque a mochila nas costas, pegue o metrô em Itaquera, vá até a República e lá pegue o metrô em direção à estação Paulista da Linha 4 amarela. Quero que você saia do vagão e sente no terceiro banco, e exatamente às 19h54 abra a mochila. É só isso que precisa fazer.

— E depois?

— Depois observe. Agora pode parecer obscuro, mas na hora você saberá o que fazer. Não foi escolhido em vão, Dois.

— Tem uma bomba na mochila?

— Não! A mochila está lotada de ideias, o futuro está na mochila. Dois, tenha fé, em nome da Mãe, em nome de SETE.

— Tudo bem. Estação Paulista.

— Você precisa chegar lá até as 18 horas. Então, corra, saia de casa agora.

Ele ouve o celular desligar. Respira fundo, coloca a mochila nas costas e sai rumo à Linha 4 Amarela.

CAPÍTULO 16
DOIS

SMOKE BEER

ITAQUERA – SÃO PAULO – 16H35
1 HORA E 41 MINUTOS ANTES DA PRIMEIRA EXPLOSÃO

Ronald percebe que seu horário está apertado, então pega sua Faxe e bebe quase em um gole só. Pega uma nota de cem na carteira e vai até o caixa.

– Muito obrigado. Foi a melhor cerveja da minha vida. Pode ficar com o troco.

Gil e Leo estranham a atitude do sujeito; percebem o temor em seu rosto. Gil então pergunta:

– Podemos te ajudar em algo?

Ronald estranha a pergunta, mas fica feliz com a preocupação dos desconhecidos. Ele sorri e diz:

– Vocês podem me ajudar, sim, com apenas uma coisa: se amem muito, aproveitem todos os seus momentos. Tenham

81

filhos, sejam felizes e não briguem por qualquer coisa. Meu nome é Ronald, e agradeço por vocês existirem.

Diz isso e sai andando, para o espanto dos donos do bar, que se entreolham sem entender nada.

Chega a Itaquera, vai até a República e faz a baldeação para a Linha 4. Está no local combinado exatamente às 18h05. Senta-se no banco, coloca o fone de ouvido e deixa na rádio, que está tocando Queen, "Don't Stop me Now". Ele ri de nervoso com a letra da música: "Tonight, I'm gonna have myself a real good time. I feel alive". Totalmente fora do contexto para ele.

Às 18h16, Ronald toma um susto, e mesmo com o fone ele consegue ouvir as explosões. E o que o deixa mais embasbacado é que, de onde está, assiste a tudo sem ser atingido por nada. Isso o desespera ainda mais. Como a Mãe e o tal do SETE conseguem fazer isso? Calcular tudo tão perfeitamente? Por que ele está ali, vivo, com uma mochila? Será uma nova bomba?

A rádio em seu celular para de funcionar, e ele fica desesperado, ouvindo os gritos de socorro vindos de todos os lados. Ronald olha ao redor e se sente no inferno. O metrô está lotado, e por todos os lados ele pode perceber o terror. As pessoas, horrorizadas, gritam e choram.

Seu celular toca:

— Alô?

— Olá, Dois. Muito bem, não se envolva, fique onde está e abra a sua mochila na hora certa. É apenas isso.

— O que vocês estão fazendo?

— Vocês? O que nós estamos fazendo, né, Dois? Estamos mudando o Brasil da única maneira possível, e contamos com você.

Ronald ouve o celular sendo desligado. Pega o aparelho e tenta ligar para sua esposa, sem obter sucesso. Ele tenta por diversas vezes, e nada. Eles transformaram o celular dele em um receptor: apenas recebe ligações.

Durante mais de uma hora, Ronald ouve diversas teorias das pessoas ao seu redor. Consegue assistir ao tal vídeo e agora sabe do que está fazendo parte. E o que é pior: sabe que, se falar para alguém, será morto, e sua família, também. Sabe também que, se apenas fizer o que foi mandado, matará centenas de pessoas.

Ele simplesmente entra no modo automático, como se estivesse em transe, com sua cabeça rodando entre as diversas opções de salvação que só existem na teoria. Extremamente decepcionado com o governo que ele apoiava e no qual confiava.

Às 19h50, seu celular toca novamente.

— Olá, Dois.

— Oi.

— Que desânimo! Sou eu, o seu velho amigo, Agente R.

— Amigo? Me desculpe, R, se não estou de bom humor preso aqui.

— Também estou aqui no metrô, mas nunca perderia o senso de humor. Porém, não tenho interesse em dialogar com você. Faltam apenas quatro minutos. Eu consigo te ver daqui onde estou. E, se eu não te vir abrindo a bolsa até lá, vou até aí e abro um buraco na sua cabeça. Depois ligo para a Mãe, pra garantir que façam isso com toda a sua família. Estamos entendidos?

— Você é um escroto. Apenas fico feliz em saber que você vai morrer também.

— Vou, sem dúvida, mas primeiro as damas. Estou de olho em você. Boa viagem.

Enfurecido, Ronald respira com dificuldade e sente o suor inundar seu corpo. Após exatos quatro minutos, ele abre a mochila e vê sete minidrones saindo, com suas câmeras, e se espalhando por um perímetro específico. Uma tela pequena marca 19h55 em azul.

O caos é tanto que apenas depois de três minutos as pessoas realmente percebem os drones:

— Meu Deus, vai explodir aqui! — ouve-se um grito ao longe.

As pessoas tentam correr, subir as escadas. Ron encosta-se à parede, sabendo que não existe possibilidade de fugir. O metrô, muito mais lotado do que é humanamente possível, limita a movimentação. Algumas pessoas tentam subir as escadas, enquanto outras buscam fugir pelo corredor. O pânico é geral.

Ronald observa um drone, que marca 19h59. Sente em seu bolso o celular tocar e vê com alegria o número de sua esposa. Ele atende:

— Alô? Amor?

Ele ouve a voz de seus filhos ao fundo gritando "papai". Isso corta seu coração, e as lágrimas começam a verter de seus olhos. Ele percebe que tem pouco tempo, então começa a falar:

LINHA 4 AMARELA

— Oi, amor. Está muito barulho aqui; é bem difícil ouvir. Estou no metrô, e só quero que saibam que eu amo vocês.

O celular começa a perder sinal, e Ronald ouve apenas chiados e estática vindos do outro lado.

Olhando fixamente para o drone, ele sente uma dor intensa no peito ao ver a luz azul ficar vermelha e o relógio marcar 20 horas. Não ouve barulho algum. A luz forte ofusca seus olhos, e por segundos ele sente seu corpo queimar.

"Agora eles estão seguros." Esse é o último pensamento de Ronald antes da incineração de seu coração.

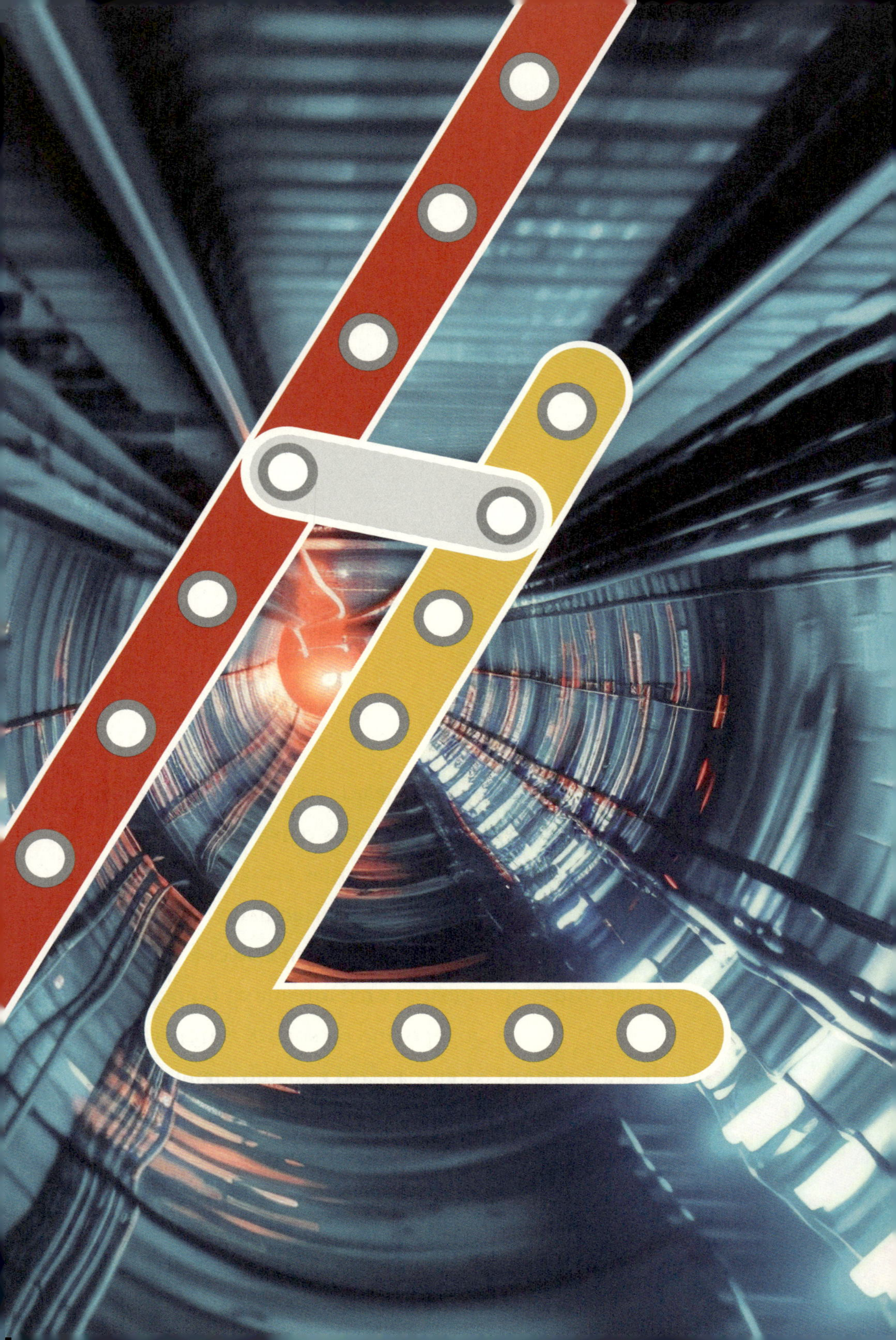

CAPÍTULO 17
PLANTÃO URGENTE

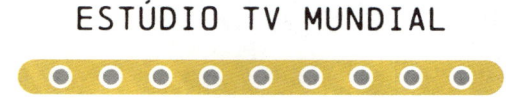

ESTÚDIO TV MUNDIAL

AV. DR. CHUCRI ZAIDAN – SÃO PAULO – 20H10
10 MINUTOS APÓS A SEGUNDA EXPLOSÃO

Começa a tocar aquela vinheta – sim, aquela mesma que toca quando você sabe que houve algo preocupante.

– Agora são 20h10. Estamos interrompendo a programação com uma informação importante. Em meio à onda de terror que assola São Paulo, um crime na Zona Norte complica ainda mais a situação política da cidade. O vice-prefeito, Breno Lopes, foi encontrado morto. De acordo com a polícia, ele foi assassinado com dois tiros no quarto 237 do Discovery Hotel, em Santana. Após os tiros, o assassino enrolou o vice-prefeito em um lençol, ateou fogo em seu corpo e saiu sem deixar pistas aparentes. Em breve voltaremos com mais informações.

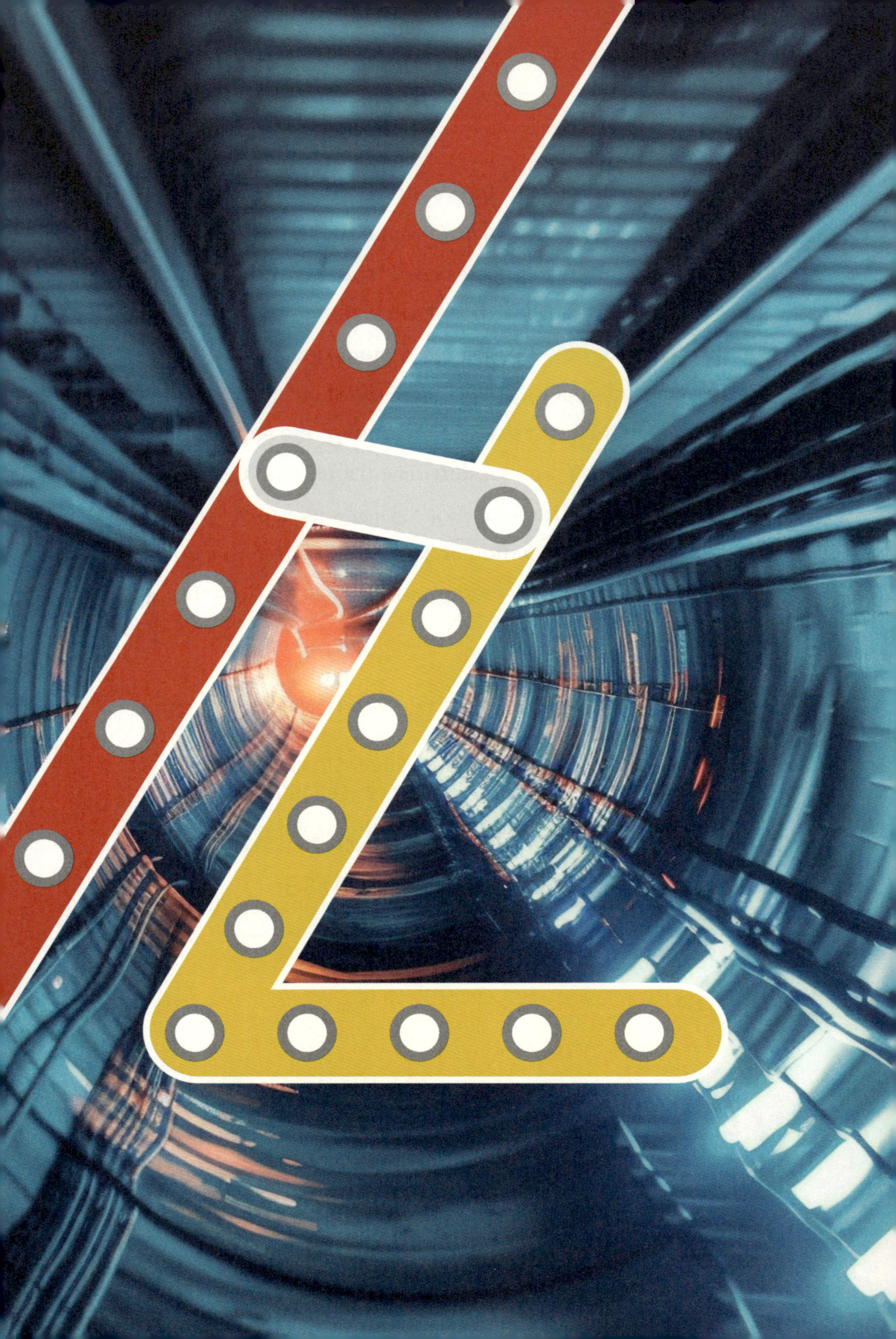

CAPÍTULO 18
DÁRIO FALA

BAR ROXO

RUA AUGUSTA – 20H20
20 MINUTOS APÓS A SEGUNDA EXPLOSÃO)

Os amigos Tommy e Ale decidem abrir seu bar, mesmo com o pânico tomando conta da cidade. O bar está vazio, mas eles têm certeza de que ainda vai encher hoje.

– Ei, Tommy, liga a tevê aí – diz Ale, sentado no balcão.

– Pra quê?

– O babaca do prefeito vai dar um recado na tevê, e às 20h30 o presidente vai falar.

– Resolveram sair da toca, então?

– Que nada, tudo gravado de dentro da toca mesmo.

– Opa, olha aí, vai começar.

Ele aumenta o volume da tevê. O prefeito, com cara de choro, começa seu discurso:

"*Primeiramente, gostaria de dar as minhas condolências a todos os que têm parentes, amigos ou familiares que foram vítimas ou estão presos nesse que, sem dúvida, é o maior e pior ataque que nossa cidade já sofreu. Quero deixar o meu total apoio a todas as famílias.*

Hoje, também sofri um golpe muito grande ao saber da morte de um amigo e companheiro de trabalho, um homem honrado que estava comigo em todos os momentos: nosso vice-prefeito, Breno Lopes, que foi covardemente assassinado.

Infelizmente, o meu colega de partido e governador de São Paulo, Jorge Hackmen, ainda não deu qualquer sinal de que vá aceitar o que pede o tal de SETE; porém, eu já fiz a minha parte. Em conversa com todos os vereadores e deputados, trago aqui um documento assinado, aceitando a exigência e diminuindo o salário deles e dos meus assessores para um salário mínimo.

Como todos sabem, eu já renunciei ao meu salário, porque acho que ser prefeito de São Paulo já é uma grande honra, e por causa disso esse valor não se faz necessário.

Conversei também com um homem muito honrado, chamado Renato Penido, que cuida da Linha 4 Amarela. Ele também aceitou que seu salário fosse diminuído e disse a mim que apenas espera um contato do nosso governador para tomar toda e qualquer atitude na ajuda às vítimas.

Então, venho aqui avisar ao SETE que todos nós fizemos a nossa parte e implorar ao governador, do fundo do meu coração, que ama esta cidade e cada um de seus habitantes, que aceite a exigência deles, assine o documento e faça o comunicado oficial.

Nenhum dinheiro na face da terra vale mais do que a vida de um ser humano, e não existe nada de injusto no pedido desses terroristas. Mesmo discordando totalmente dos métodos deles, eu, como a maioria de vocês que me assistem agora, concordo que o exercício do poder em cargo público deve ser por amor e dedicação, e não por dinheiro.

Então, me despeço de vocês torcendo muito para que isso seja resolvido, e com certeza daqui a pouco nós estaremos aqui mais uma vez, juntos, lutando pela mesma bandeira. A bandeira da cidade de São Paulo. A bandeira brasileira.

Muito obrigado."

— E aê, Tommy, o que achou?

— Esse prefeito é babaca, mas fez a parte dele. Cadê o governador, hein?

— Ele sempre foi fantasma. O filho dele tá lá, e ele está cagando pra isso. Puta cara escroto.

— E, pelo que tá rolando na net, já saiu a segunda exigência, hein.

— É, agora depende dele, tudo depende dele.

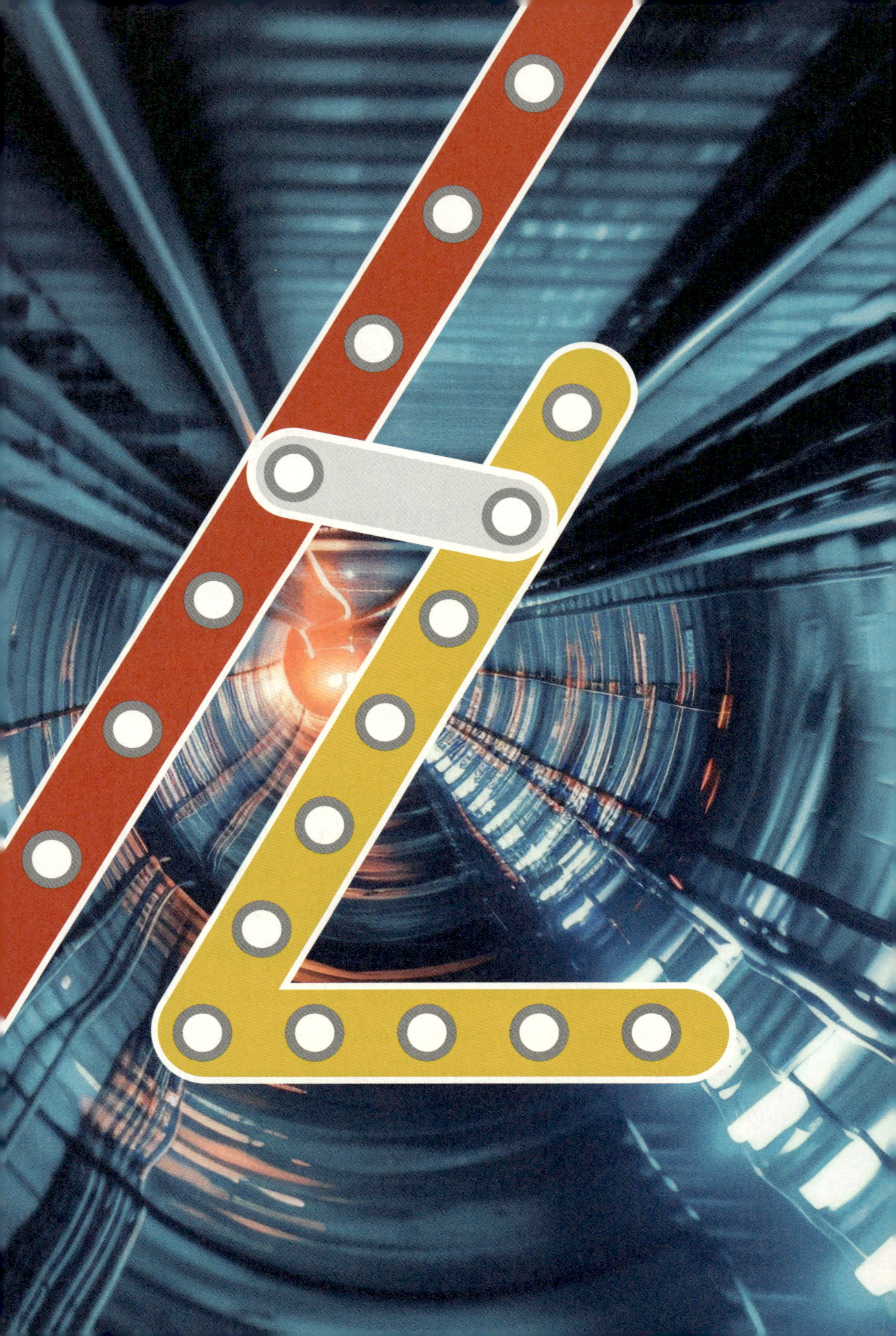

CAPÍTULO 19
LEME FALA

ESTADÃO LANCHES

CENTRO — SP — 20H28
28 MINUTOS APÓS A SEGUNDA EXPLOSÃO

Os garçons Washington e Agenor conversam. Washington tem vinte e cinco anos, cabelos ralos e olhos escuros, como duas jabuticabas. Extremamente magro e desajeitado, tem o apelido de Smeagol e está há seis meses no Estadão. Já Agenor, com cinquenta e seis anos, está há trinta por ali. Ele lembra muito Genival Lacerda, e muitos o chamam por esse apelido.

— Achou que ia embora mais cedo, Smeagol?

— Com esses ataques aí, pô? Lembro que, na época do PCC, não tinha ninguém na rua.

— Na rua, não, mas aqui tinha. Aqui nunca está vazio, menino. Ôxe, achou que as pessoas iam sair do trabalho pra fazer o quê?

— Ir pra casa?

— Beber e falar mal dos outros! Já viram que o ataque é em um lugar só, vão urubuzar, visse!

— Infelizmente, eu vi, sim.

Um cliente grita:

— Ei, garçom, aumenta aí a tevê, que o Vampirão vai falar!

Smeagol olha para o cliente com cara de tédio, vira para Genival e diz:

— E ainda querem ouvir esses mentirosos aí falando.

— Aumente a tevê, Smeagol. Vamo vê o que a múmia fala.

O presidente Miguel Leme surge na tevê. Ele parece um cartoon antigo, como aqueles desenhos dos personagens maldosos dos filmes dos anos 1950. Com uma maquiagem pesada e o cabelo perfeitamente penteado, olha para a câmera, mudo por alguns segundos, e então começa:

"Ao cumprimentá-los, eu quero fazer uma declaração à imprensa brasileira. E uma declaração ao país.

E, desde logo, ressalto que só agora falo dos fatos de mais cedo porque tentei conhecer primeiramente o conteúdo de toda essa situação.

Gostaria de avisar ao governador, ao prefeito e a todos os habitantes de São Paulo que estou colocando à disposição de vocês o nosso serviço de inteligência, o Exército e a Força Nacional, que com certeza não vão medir esforços em auxiliar São Paulo nessa crise.

E peço ao governador que aceite os termos, porque dependemos dele no momento. Posso afirmar, sem dúvida nenhuma, que, se fosse comigo, já teria tomado minha decisão, e ela seria em prol do povo.

Lembrando que meu único compromisso, meus senhores e minhas senhoras, é com o Brasil. E é somente este compromisso me guiará.

Muito obrigado e muito boa noite a todos."

— Ele não falou nada com nada, só jogou a culpa no governador.

— E a culpa é de quem, Smeagol?

— De todos eles, ora.

— Que nada, a culpa é do governador. Você viu a segunda exigência?

— Ainda não vi, não.

— Eita, menino desleixado, olha seu zap aí, que eu vou levar um café ali.

Smeagol pega o celular. O relógio marca 20h37.

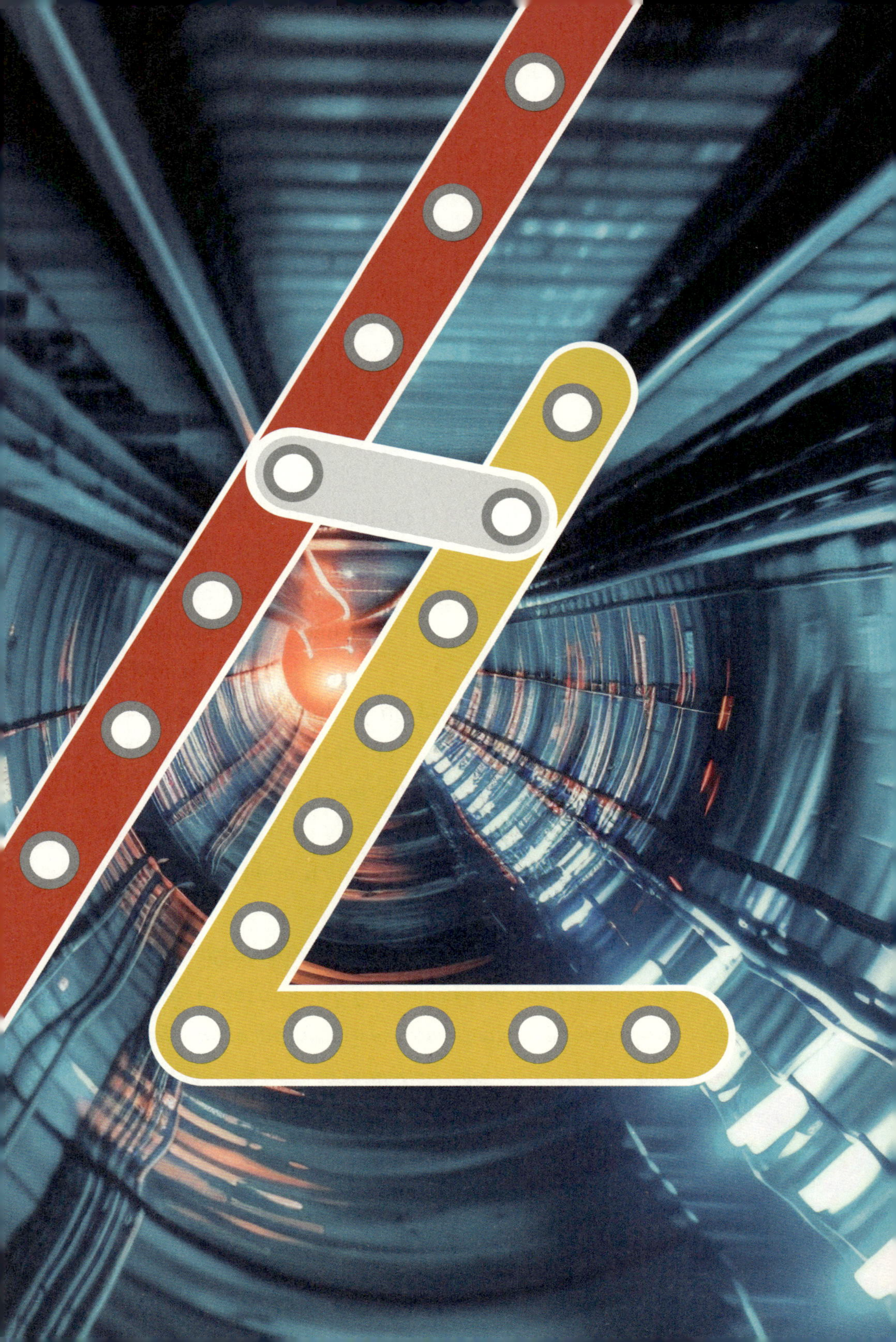

CAPÍTULO 20
NA MIRA

AVENIDA PAULISTA

RÁDIO MISS FM – 19H59
1 MINUTO ANTES DA SEGUNDA EXPLOSÃO

— E então, senhor White? – repete Liv, impaciente. – Galera, vamos nos segurar agora, depois voltamos a esse assunto.

Alguns segundos depois dessa frase, realmente o prédio sofre um "pequeno terremoto". Rod olha seu notebook e vê que logo após a explosão a tela ficou preta e muda. Em uma linha na parte de cima surge escrita em vermelho a primeira exigência. No centro, um relógio começa uma contagem regressiva, e embaixo aparece em branco a segunda exigência. Samuka lê e comenta:

— Agora ferrou de vez. Mais gente vai morrer. O governador nunca vai aceitar isso.

Liv fala novamente com Rod:

— Senhor White, minha paciência está acabando, e meu tempo é curto.

— Ok, mocinha. Primeiramente, quem é você?

— Meu nome é Liv e trabalho para a ABIN, Agência Brasileira de Inteligência.

Samuka, empolgado, comenta:

— O FBI brasileiro, mano! Que legal isso.

Samuka sempre foi fissurado por histórias de policiais e FBI, é leitor assíduo de romances policiais e total conhecedor de todas as séries sobre o assunto.

— Isso mesmo, senhor Samuel, mas diria que somos mais como a CIA do que como o FBI.

— Eu sou muito fã do trabalho de vocês. Tenho até…

— Desculpe, senhor Samuel, mas infelizmente não posso ficar de papo furado. Senhor White, peguei algumas ligações do senhor, nas quais estranhamente eu não consegui ouvir a outra pessoa, porém as suas frases mostram que você tem um informante que está a par dos planos do SETE. Preciso de mais informações.

— Liv, ou sei lá seu nome, eu não devo nenhuma informação a você. Sou apenas um jornalista fazendo o meu trabalho.

— Você não deve isso a mim, e sim ao Brasil. Estou aqui em nome da sua pátria para pegar informações importantes e ajudar a salvar vidas.

— Haha, quem deveria salvar vidas é o governador, não eu. Por que não estão atrás dele, e sim de mim?

— Eu não lhe devo respostas. Você, sim, deve a mim.

Rod olha nos olhos de Liv. "Que mulher linda", pensa ele. O poder dela ao falar o deixa embasbacado. Porém, sabe que a vida de Samuka depende do seu silêncio.

— Seguinte: eu respeito seu trabalho, porém não posso ajudar em nada.

Após dizer isso, seu telefone toca, número desconhecido. Ele olha o celular. Ela também olha, encara Rod e diz:

— Atenda e coloque no viva-voz, senhor White.

— Desculpe, mas eu não posso fazer isso.

Ela saca a arma e aponta para ele:

— Senhor White, atenda agora esse celular e coloque no viva--voz.

— EU NÃO POSSO FAZER ISSO! — grita, com lágrimas nos olhos.

Ela se aproxima, e ele recua com o celular na mão. Liv, com a arma em riste, avança para cima dele. Rod, que treinou artes marciais por muito tempo, consegue se esquivar.

Samuka observa aquele embate, surpreso. Rod diz:

— Moça, eu realmente preciso atender. Você não entenderia, mas eu preciso.

— Eu não estou mais de brincadeira — diz isso e atira ao lado do pé de Rod, recarrega e aponta para a cabeça dele. — Passe esse celular pra mim, agora!

Rod, tremendo, entrega o celular para Liv.

Ouve-se um tilintar de vidros, seguido por um leve barulho de disparo.

Samuka cai ao lado do amigo, com um tiro na cabeça.

Rod corre em direção a ele, pega-o nos braços, olha para o corpo inerte, sente o sangue escorrer no seu braço e grita para Liv:

— Olha o que você fez!

CAPÍTULO 21
A DECISÃO

PALÁCIO DOS BANDEIRANTES

MORUMBI – SÃO PAULO – 20H38
38 MINUTOS APÓS A SEGUNDA EXPLOSÃO

Jorge Hackmen está sentado, assistindo pelo seu notebook às notícias sobre o ataque. Olha as imagens com os olhos marejados. Ele havia desligado o celular e pedido para não ser incomodado por ninguém.

Suzy, sua secretária, está do outro lado da porta, pensando se interrompe ou não seu chefe. Ela tem trinta e quatro anos, é morena, tem olhos claros e cabelo bem liso, pernas torneadas. Sempre usa o mesmo modelito formal e sexy: meia-calça, saia na altura do joelho e blusa social branca. Faz oito anos que trabalha para Jorge e sempre o admirou por nunca ter "dado em cima dela", coisa que foi recorrente entre todos os outros políticos.

"E aí, tá comendo essa, Jorginho?", era a frase que mais ouvia ao sair das salas de reunião. Conhecendo bem o governador, sabe que sua resposta categórica era sempre a mesma, porque ele sabia respeitar uma mulher. Isso ela admirava nele.

Mas a postura sempre nula do governador a deixava possessa – tanto que ganhou o cargo e a confiança de Jorge ao tê-lo confrontado uma vez.

– Quero você comigo, para me lembrar de sempre ter essa garra que você carrega.

E ela fazia isso sempre que possível.

Camila Ramos, da ABIN, mulher que Suzy admira muito, está na linha da sala de conferência. Então, Suzy resolve abrir a porta e enfrentar Jorge mais uma vez:

– Com licença, senhor governador.

Ele a olha e, novamente, sua expressão muda:

– Suzy, o que você quer?

– Senhor governador, eu o admiro por muitas coisas, e lembro que, quando me contratou, disse que queria a minha garra. Estou aqui para isso. A senhorita Camila espera pelo senhor na sala de conferência.

– Eu já disse que não quero ser incomodado.

– Mas o senhor precisa. Chega de ficar trancado aqui, achando que nada do que está acontecendo tem a ver com você. Nós sabemos que tem. Não acho que seja justo o senhor estar nessa situação, não acho mesmo. Existem políticos que mereciam, mas não você.

LINHA 4 AMARELA

Suzy olha para Jorge, que se desmancha em lágrimas. Ela se aproxima aos poucos, pega a mão do governador e diz:

– Jorge, você é um homem honrado. Tem falhas, sim, mas é uma boa pessoa. Ouça o que a senhorita Camila tem a dizer. O senhor disse que precisava de garra, e você sabe que isso ela tem.

– Suzy, eu não confio nela como confio em você. Não ache que vocês são parecidas.

– Nós somos, sim. Ela é forte como eu, e tem poder, pode te ajudar. Por mim, ouça o que ela tem a dizer.

Jorge olha nos olhos de Suzy; eles parecem cintilar. Ele sempre adorou aquele olhar, e tinha total confiança em sua secretária.

– Por você, Suzy, por você, eu vou ouvir o que ela tem a dizer.

Suzy olha para Jorge e sorri. O relógio marca 20h44.

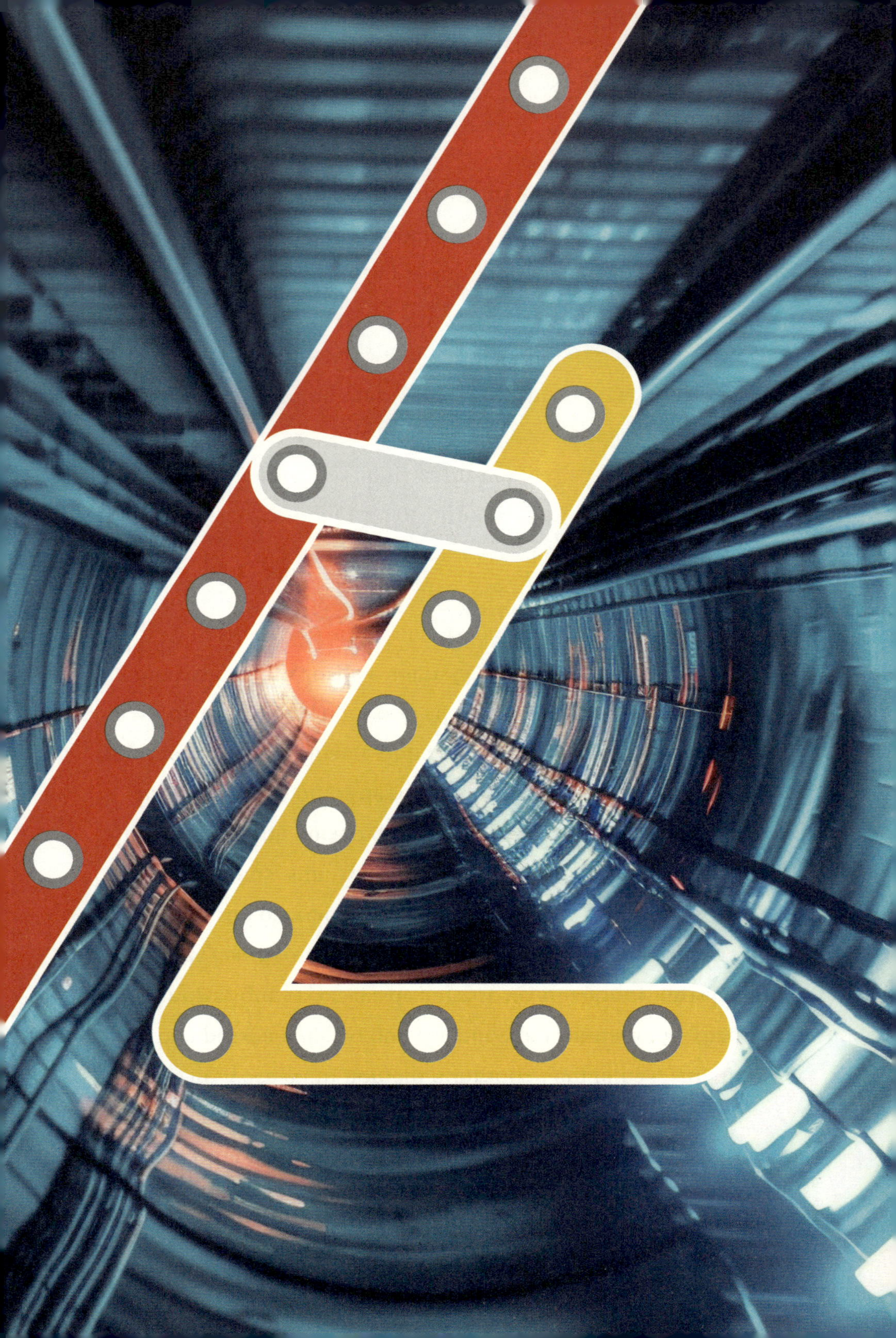

CAPÍTULO 22
TRÊS

ESTAÇÃO CONSOLAÇÃO

ACESSO À LINHA 4 AMARELA – 18H43
27 MINUTOS APÓS A PRIMEIRA EXPLOSÃO

Após andarem um pouco, Dante vê um lugar que conclui ser seguro, então olha para Joaquim e diz:

— Anão, acho que aqui estaremos sussa.

— O que é sussa?

— Sussa significa "sossegado", pequeno.

— Legal. Agora podemos procurar a minha vó?

Dante nunca levou muito jeito com crianças, mas parecia que tinha um ímã para elas. Ele odiava ter de responder àquelas perguntas, mas, por sorte, sempre foi muito bom em inventar histórias. Então pensou bem e teve uma ideia:

— Anão, é o seguinte, você já jogou CS?

— CS?

— Eita, esquece, já jogou Mário?

— Mário?

— Você tem videogame?

— Eu jogo o jogo do Ben 10, no tablet.

— Beleza. Então, sua vó combinou comigo um lance. Seguinte, anão: eu sou um agente ultrassecreto, e me disseram que você é um menino muito especial.

— Isso eu sou mesmo, tio.

— Sabia que você tem poderes?

Joaquim olha para Dante, com os dois olhinhos brilhando, depois olha para baixo, reluta um pouco e diz:

— Eu sempre desconfiei, tio, de verdade. Sabia que eu já sofri um acidente?

"Eita, moleque azarado", pensou Dante antes de continuar.

— Um acidente? Não sabia, conta mais.

— Então, o carro em que eu estava quando era neném capotou, e eu não me machuquei nada, tio.

— E quem estava com você nesse acidente?

— Meu pai e minha mãe.

— E eles estão bem, Anão?

— Depois do acidente, nunca mais vi eles, tio. Mas a vovó disse que foram viajar pra um lugar melhor e que um dia ainda vou ver eles de novo.

"Puta que pariu, esse moleque é o Harry Potter."

— Então, pequeno, eu sabia que você tinha noção dos seus superpoderes. Estou aqui para treinar você. Sua vó já voltou para casa, e hoje você ficará comigo, beleza?

— Na boa — disse Joaquim, sorrindo e imitando Dante.

Ele sorri também.

— Pivete, você é legal. Vem comigo que você passa de ano.

— O que temos que fazer primeiro?

— Antes de tudo, eu vou dar uma olhada aqui no meu celular especial e já te falo.

Dante pega o celular, percebe que tem várias mensagens não lidas no seu WhatsApp, abre o aplicativo e vê que a Devoradora mandou um oi. Ele responde:

DANTE: *Oi devoradora vc tá bem? Tá no metrô?*

Ele espera. Aparece que ela está digitando, e segundos depois ele lê a mensagem:

LAYLA: *Tô ótima. Vc tá no metrô?*
DANTE: *Eu tô sim, mas não me machuquei nem nada. Você se machucou?*
LAYLA: *Não, mas já, já vou me machucar.*
DANTE: *Como assim? Pq? E o neném?*
LAYLA: *Tenho mais 4 filhos, Dante. Não é por causa dessa merdinha que estou aqui; às 21 horas eu vou morrer e vou levar um monte de gente cmg, inclusive você!*

DANTE: *Vc ta cheirada, mina? Tá bem loca?*

LAYLA: *kkkkkkkkkk Hoje eu tô ótima. Tenho comigo na mochila 7 presentinhos que a Mãe mandou.*

DANTE: *Mãe? Quem é Mãe? Sua Mãe?*

LAYLA: *A Mãe de todos nós.*

DANTE: *Devoradora, você bateu a cabeça?*

LAYLA: *Não me chama desse nome. Me chame de Três.*

CAPÍTULO 23
ROCK E NOTÍCIAS

AVENIDA PAULISTA

RÁDIO MISS FM – 20H12
12 MINUTOS APÓS A SEGUNDA EXPLOSÃO

Liv, por puro reflexo, pula em Rod e o arrasta para trás da mesa. Percebe que o celular volta a tocar. Atende e coloca-o no viva-voz:

– Olá, casal. Como você viu, Rod, eu cumpro minhas promessas. Pena que você não cumpriu a sua.

– Seu desgraçado, você matou o Samuka!

– Fiz apenas o que disse que ia fazer. Culpe sua amiguinha por ter entrado no caminho na hora errada. E, por sinal, Liv está aí ainda?

– Estou, sim. Como sabe o meu nome?

– Eu sei tudo sobre todos. Mas vamos focar, porque não estou com tempo livre. Tenho uma proposta para ambos. Então calem a boca e me ouçam, antes que eu exploda a mesa que está protegendo vocês.

Eles se entreolham, e pelo reflexo do vidro conseguem ver uma dezena de drones entrando no estúdio.

Liv e Rod ficam atônitos ao ver os drones se espalhando pela sala, e novamente se entreolham assustados. A voz do outro lado continua:

— Ainda na escuta? Ou estão tão felizes em ver as visitas que se esqueceram de mim?

Rod, enfurecido, grita:

— O que você quer, seu filho da puta?

— Calma, Rod. Somos amigos, lembra?

— Você matou um dos meus únicos amigos.

— Culpe sua amiguinha aí ao seu lado, e não eu. Agora sem show, ou então explodo vocês e acabo com isso.

— Se fosse pra explodir, já teria feito — responde Liv, rispidamente.

— Menina esperta, você, Liv. Esperta demais. Eu realmente preciso de um de vocês, mas não é você, não, querida. Por mim teria atirado na sua cabeça, e não na do outro menino, porém a Mãe tem algo especial para você.

— A Mãe? — pergunta Rod, sem entender nada.

— Não tenho tempo para explicar nada agora. Preciso que seja o locutor de uma notícia inédita novamente.

— E por que eu iria dar qualquer outra notícia? Você matou o Samuka.

— Sua vida e a de todos os que ainda estão nesse prédio estão em jogo. Estou mandando um link agora no seu e-mail. Clique nele, assista, depois divulgue. Estou transformando você em alguém famoso, Rod. Me agradeça. A grana não vem com rock, e sim com tragédias. Se você não der a notícia, alguém vai dar. Então, aproveita. Não ouça o que ela fala, faça sua parte. Você tem cinco minutos.

Diz isso e desliga.

Rod puxa seu notebook para baixo da mesa. Liv olha para ele e diz:

— Você realmente vai dar a notícia.

— Você tem ideia melhor? Já matou o meu amigo, quer me matar agora?

— Olha, realmente lamento pelo seu amigo, mas infelizmente a situação agora é um pouco mais complicada.

— Faz horas que estou nessa situação. Cadê a justiça? Entre todas as pessoas, a única que cumpriu tudo que prometeu foi o maldito terrorista.

— Rod, por favor, fique calmo. Eu tenho uma ideia.

— E por que diabos eu deveria confiar em uma ideia sua?

— Não precisa. Apenas faça o que ele manda, e fique exatamente aí, porque está bloqueando a imagem do drone ali nos filmando.

Rod olha para o lado e percebe que realmente o drone os sobrevoa com uma câmera. Vira-se para ela e diz:

— Com certeza eles podem nos ouvir também, então vou abrir um bloco de notas aqui no PC pra podermos conversar.

— Não, com certeza seu note está sendo monitorado. Pega papel e caneta, vê o tal vídeo e distrai eles enquanto isso.

— Enquanto isso o quê? O que você vai fazer?

— Eu vou desativar esses drones.

CAPÍTULO 24
A CONVERSA

SALA DE CONFERÊNCIA
PALÁCIO DOS BANDEIRANTES

MORUMBI – SÃO PAULO – 20H46
46 MINUTOS APÓS A SEGUNDA EXPLOSÃO

Jorge entra na sala de conferência e vê a imagem de Camila Ramos na tela. Como ele odeia aquela mulher, e odeia mais ainda saber o poder que ela possui.

Do lado de fora, Suzy espera por boas notícias quando vê o vice-governador, Mário Graça, surgir no corredor. Mário tem um metro e oitenta de altura, cabelos brancos penteados para o lado, uma barbicha num tom de cinza e exibe um sorriso seco que a enoja. Está vestindo um terno despojado.

Ele chega próximo a Suzy, puxa-a pela cintura e diz:

— Está cada vez melhor, morena. Esperando o chefinho sair, é?

Ela se desvencilha da mão dele e diz:

– O senhor Jorge está em uma ligação importante no momento.

– Suzy, Suzy, todo mundo está ocupado demais no momento, porém nós estamos seguros aqui. Olha, eu tenho certeza de que o Jorge passeia nessas curvas, mesmo com aquela imagem ridícula de bom moço. E, pelo andar da carruagem, logo ele não vai mis ser governador, aí você será minha. Então, quero te experimentar agora.

Ele diz isso agarrando o braço dela, com um sorriso sacana no rosto. Suzy se lembra de seu padrasto, dos anos de medo e daquele nó no estômago que carregou até a morte dele. Ela sente ânsia e abaixa a cabeça por um segundo. Respira fundo, olha nos olhos de Mário, dá um sorriso e diz:

– Ok, senhor Mário, vou dar o que o senhor quer, mas tem que ser na sala do Jorge.

– Hummmmmmm, que safadinha, e esperta... garantindo o emprego... Vamos, então.

Ela sai andando na frente, em direção à sala de Jorge. Mário arruma a gravata e vai logo atrás dela.

Dentro da sala de conferência, após segundos de silêncio, Camila Ramos inicia a conversa:

– Jorge, querido, como eu disse na última ligação, agora as coisas estão na minha mão. Vou precisar de uma atitude sua.

— Senhorita Camila, eu já lhe disse que não vou negociar com terroristas.

— Peço então que assista a esse vídeo antes de qualquer decisão. Eu consegui evitar que caísse na mão da imprensa. Assista, por favor.

A tela se divide, e ao lado aparece outro vídeo. Jorge vê um rosto conhecido, mesmo cheio de fumaça. Quando ele ouve a voz, não tem dúvida: é seu filho Max.

O vídeo continua:

"Pai, eles sabem quem eu sou, e me prenderam nas bombas que vão explodir às 21 horas. Pai, por favor, faça o que eles pedem. Eu não quero morrer, pai... Está lotado de pessoas aqui também. Me desculpa, pai, por tudo que eu fiz. Sou eu, Max, quem está pedindo. Você é meu pai herói. Me salva, por favor."

Ele vê a tela com falhas e percebe o vulto do garoto sendo puxado por outras duas pessoas. Ouve os gritos de seu filho, e em seguida a tela se apaga.

Jorge tem lágrimas nos olhos. Camila o observa pela tela e diz:

— Jorge, eu sei que você me odeia, mas não é por mim, é pelo seu filho. Nós já estamos dando um jeito de tirá-lo de lá. Com esse vídeo, localizamos o local exato em que ele está. Porém, eu preciso de mais tempo. Nos ajude, ajude o seu filho.

— Meu pequeno… — Jorge soluça. — Ele nunca mereceu isso. É um bom menino, só meio confuso às vezes, mas é coisa da idade. Por que foram pegar meu filho?

— Eles são muito bem organizados, porém agora nós temos algumas pistas. Eu mandei para Suzy o documento; é só assinar que vai aceitar a diminuição do salário. A sala de imprensa já está pronta, e pra evitar muito constrangimento, por causa da segunda exigência, eu escrevi um comunicado muito rápido. Você pode assinar antes, e basta falar por trinta segundos. A exigência deles está clara, trinta segundos são suficientes.

— Eles querem que eu faça o comunicado nu, Camila, nu! Por que tanta exposição?

— Eles são terroristas, Jorge. Mas eu te prometo que, após fazer isso, você vai ganhar mais uma hora para nós, e eu vou tirar o Max de lá.

— Você promete? Eu não quero perder meu filho, meu pequeno.

— Eu prometo, e você bem sabe que eu resolvo as coisas. Foi assim na Operação Copa e será novamente.

— Ok, eu farei o comunicado. Agora faça a sua parte; estou indo fazer a minha.

Camila dá um sorriso, assente com a cabeça e desliga sua tela.

Jorge respira fundo, vira-se e abre a porta. Vê Suzy saindo de sua sala, esbaforida, com uma pasta na mão.

— Senhor Jorge, está tudo bem?

— Traga essa pasta, me dê uma caneta, e vamos para a sala de imprensa. Eu vou salvar o meu filho.

— Sim, senhor governador.

Ele olha para ela, respira fundo e se dirige à sala de imprensa. Ela o observa andando, esboça um sorriso e sai andando atrás.

O relógio marca 20h51.

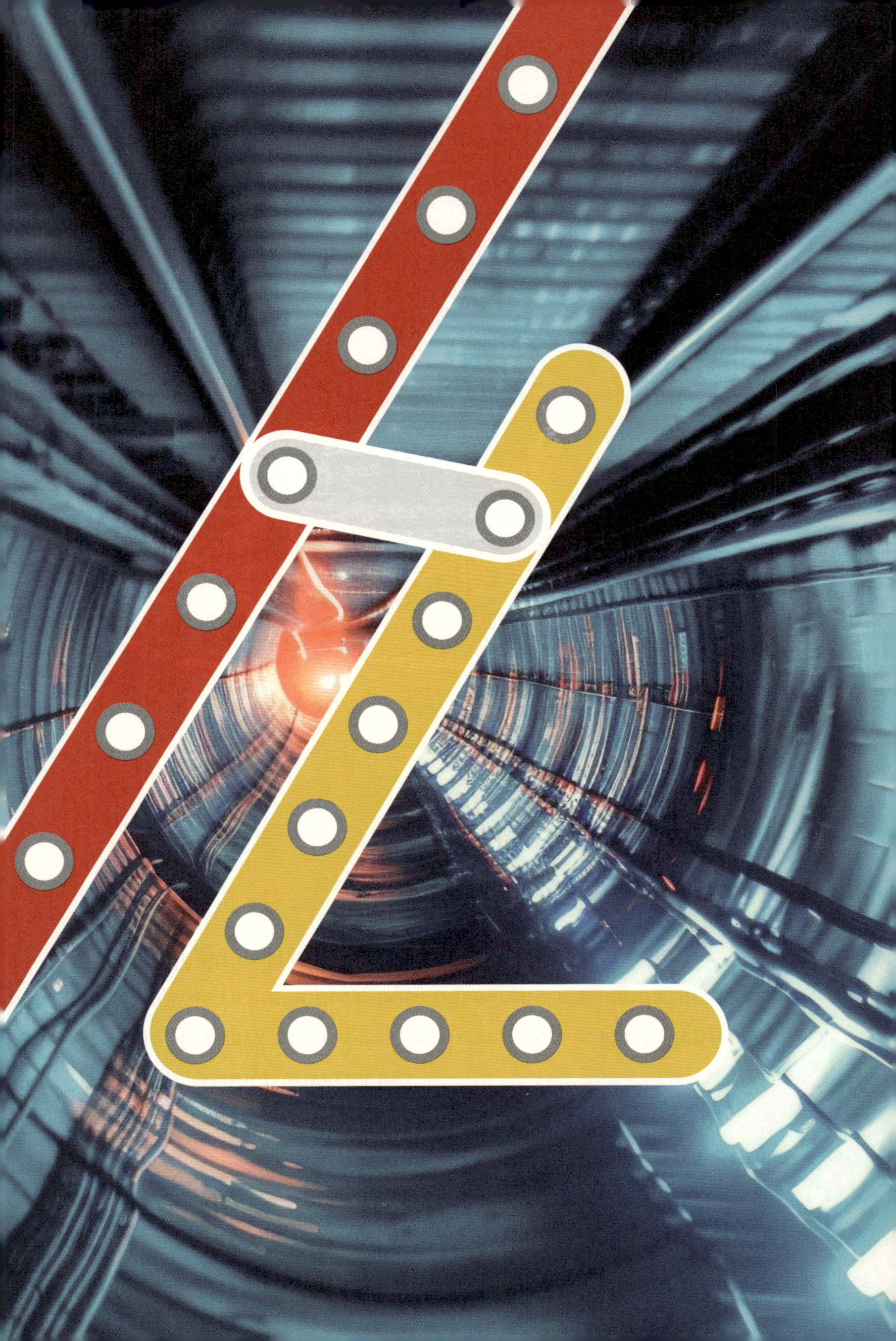

CAPÍTULO 25
SHIRYU

ESTAÇÃO CONSOLAÇÃO

ACESSO À LINHA 4 AMARELA - 19H01
59 MINUTOS ANTES DA SEGUNDA EXPLOSÃO

Dante olha toda a conversa com a Devoradora para tentar entender alguma coisa. Nada do que ela diz faz sentido. Perdido em pensamentos, ele comenta em voz alta:

— Será que ela enlouqueceu de vez?

— Quem enlouqueceu, tio Dante?

Olha para o lado e Joaquim está debruçado, tentando olhar seu celular. Ele esconde o aparelho e fala:

— Anão, não seja curioso. Ainda não posso revelar tudo pra você.

— Mas eu sou especial.

— Eu sei. Mas confia em mim, tem que rolar uma hierarquia.

— Hiera o quê?

— Hierarquia. — Dante pensa um pouco. — Vou tentar explicar: você vai na escola, não vai?

— Eu estudo em casa, tio. Minha vó disse que só daqui a uns anos eu vou pra escola.

— Hum, beleza, mas na escola você sabe que tem um professor, certo?

— Sei, sim.

— Então, o professor está acima de você. Ele manda em você. E tem o diretor, que manda nele.

— E minha vó, que manda nos dois, né?

Dante olha para Joaquim, esboça um sorriso e diz:

— Mais ou menos isso, pivete. Nesse caso, sua avó está no mais alto escalão da hierarquia. Ela manda em mim também, sabia?

— Eu imaginava, sim, tio.

— Ôxe, como imaginava?

— Eu sei das coisas — ele diz isso e dá uma piscada para Dante.

Os dois caem na gargalhada.

— Pivete, é o seguinte: você já jogou Campo Minado?

— O que é isso?

— É um jogo. Deve ter no seu tablet também, mas o Ben 10 deve ser mais legal.

— O Ben 10 é mais legal que tudo, tio. Ele tem poderes que nem eu. O Campo Minado tem poderes?

— Na realidade, o Campo Minado testa os seus poderes. São vários quadrados, e entre esses quadrados existem várias bombas.

— E não explode o tablet?

— As bombas explodem o Campo, que está cheio de minas. Anão, imagina agora que estamos num campo, cheio de bombas, porém não conseguimos ver elas. O que devemos fazer?

— Ligar pra polícia?

— Sim, é uma boa. Mas nesse caso, tipo agora, a polícia não tem como ajudar. Só estamos nós dois. O que devemos fazer?

— Ficar longe das bombas?

— Issooooooo, acertou, Anão! Vamos ficar longe das bombas. Então me diga: onde explodiu a primeira bomba?

— Ali onde eu estava, tio.

— Isso, Anão.

— Ô tio, você sabe que eu sou criança e não um anão, né?

Dante olha para Joaquim bem sério e diz:

— Anão é seu codinome; ninguém sabe que você é uma criança.

— Aaaaahhhhh, entendi, tio.

— Então, Anão, já brincou de cabra-cega?

— Cabra o quê?

— Caralho, eu sou muito velho mesmo.

— Não pode falar palavrão, tio. É feio.

— Poutz, Anão, desculpa aí. Eu juro que não vai se repetir.

— Jura de dedinho? — Ele estica o dedo mindinho para Dante.

— Sim, juro de dedinho.

Eles entrelaçam os dedos, e Joaquim abre um sorrisão. Dante olha para o menino, feliz por ter tão boa companhia.

— Seguinte, Anão. Mais bombas vão explodir, e nosso objetivo é não explodir junto. O jeito mais fácil é irmos exatamente pra onde já teve uma explosão. Já ouviu a expressão que um raio nunca cai duas vezes no mesmo lugar?

— Eu vi na tevê isso, o Flash falou.

— E o Flash é o quê?

— Um super-herói.

— Exatamente. E você também é, então nós vamos ter um momento Shiryu com você.

— Quem é Shiryu?

— Anão, juro que, quando a gente sair daqui, eu vou te mostrar uns desenhos de verdade. Você nunca viu Cavaleiros do Zodíaco?

- Não, tio, nunca vi.

— Mas ainda vai ver. Shiryu é um herói, Cavaleiro de Dragão, e um dos treinamentos dele foi fazer tudo sem enxergar.

— Que nem o Demolidor,

— Issooooooooooo, só que ele ficou cego só por um tempo. O Demolidor ficou cego pra sempre.

— Então não vou ficar cego pra sempre, né? Que nem o Shiryu?

— Isso, Anão. Eu vou tapar seus olhos com uma venda, e nós dois vamos lá pra perto de onde rolou a primeira explosão, num lugar seguro, depois vou ver no meu celular qual o próximo passo. Você topa?

— Você segura minha mão? Eu tenho medo de cair.

Dante para e olha com ternura para Joaquim.

— Anão, eu até te carrego no colo se precisar.

Joaquim dá um passo para trás e responde, marrento:

— Não, não, tio. Eu não sou um neném. Eu tenho poderes, lembra?

Dante ri e diz:

— Lembro, sim, Anão. Vem cá, vou colocar esta blusa no seu olho.

Joaquim vai até Dante, que venda os olhos do menino. Realmente não podia levar o pequeno até o outro lado com tantos mortos ao redor. Ele olha para os lados e sente um pouco de ânsia de vômito.

— Relaxa aí, pequeno. Nós ainda vamos sair daqui.

O relógio marca 19h15.

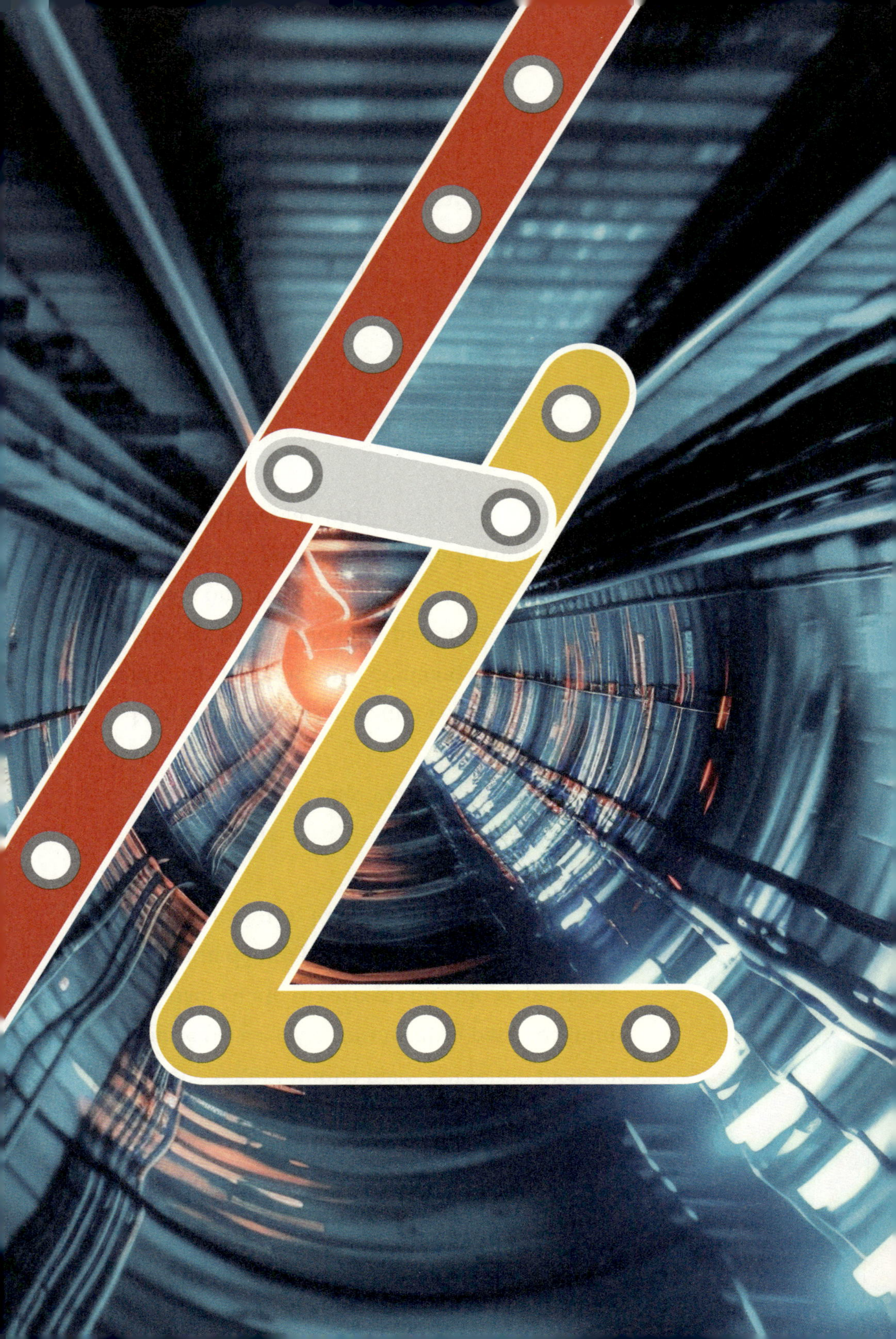

CAPÍTULO 26
TURN OFF

AVENIDA PAULISTA

RÁDIO MISS FM – 20H22
22 MINUTOS APÓS A SEGUNDA EXPLOSÃO

Liv e Rod continuam atrás da mesa. Ela pega seu tablet, e Rod entra no link que lhe foi enviado.

— Parece ser outro vídeo. Vou abrir.

Ele abre o vídeo e vê Max, o filho do governador, pedindo socorro ao seu pai. Rod olha para baixo e lê no pedaço de papel escrito por Liv: "Converse comigo normalmente sobre o vídeo. Dê a notícia, ganhe tempo."

— Olha, moça, é o filho do governador. Ele está preso no metrô, nas mãos dos terroristas.

— Nossa, eu imaginava. Dê a notícia, então.

— Estou compartilhando no meu Face agora.

Ele se levanta aos poucos, abaixa o som da trilha, puxa o microfone e começa a falar:

— Fala, galera. Rod White de volta aqui. Realmente, nossa cidade está uma loucura hoje. Até agora, nada de o governador aparecer, porém tenho aqui uma notícia que pode mudar isso. Fuçando a internet, encontrei um vídeo no qual o filho do governador, Max, pede ajuda ao pai. Pelo que parece, os terroristas pegaram ele e o mantêm refém dentro da Linha 4. Amarraram nele bombas que podem explodir às 21 horas. Assistam ao vídeo que eu divulguei no meu Facebook, Rod White, Locutor DJ. Apenas relembrando, os terroristas têm duas exigências até agora: a primeira, que já está 90% feita, é que deputados, vereadores, prefeito e governador aceitem trabalhar por um salário mínimo. Todos já assinaram, menos o governador. Acho que por causa disso a segunda exigência é tão pessoal: o Sete exige que Jorge Hackmen mostre o documento assinado e faça o comunicado ao vivo na tevê como veio ao mundo. Isso mesmo, eles querem que ele apareça pelado para todo o Brasil! E aê, vocês acham que o governador vai aparecer ou vai deixar seu filho morrer? É um lance bem pesado. Eu não tenho filhos, mas, se tivesse, não teria nada que eu não faria por eles.

Liv ouve essa frase e esboça um sorriso.

— Agora são 20h27. Fiquem com Black Sabbath, "War Pigs". Voltamos já, já com mais notícias.

Ele solta o som e se abaixa novamente com seu notebook.

Vê que Liv ainda está mexendo no tablet e que tem um novo bilhete. Ele lê com atenção:

"Eu descobri um backdoor que deixa esse drone vulnerável. Estou criando um malware que vai infectar o gadget silenciosamente e assumir os controles deles."

Rod vira o papel, escreve e entrega a ela, que lê:

"Não entendi porra nenhuma."

Liv olha para ele com cara de tédio, puxa-o pelo colarinho e fala ao seu ouvido:

— Eu vou dar um jeito de infectar esses drones e fazer eles pararem de funcionar por alguns minutos! Mas preciso que você continue exatamente aí, tapando a visão! E, quando eu der o ok, faça exatamente o que eu mandar, entendeu?

Ela o solta. Rod a encara e acena com a cabeça, concordando. O celular toca novamente. Ele coloca no viva-voz e ouve o "amigo" falando com sarcasmo do outro lado:

— Olá, casal, vejo que estão se dando bem. Rod, por pouco não tive que explodir o prédio. Você quase passou o tempo.

Rod olha para Liv, que faz sinal para ele responder:

— Eu sou realmente muito bom de horário; não precisa se preocupar.

— Não me preocupo mesmo. Eu também sou muito bom de mira. Agora vamos manter a paz por alguns minutos, ok? Liv, ok?

Ela, sem tirar os olhos do tablet, responde:

— OK.

— Nossa, como está séria! Ocupada com alguma coisa?

— Estou apenas evitando conversar demais com alguém que sei que matarei ainda hoje.

— Hum, eu adoraria que a Mãe me desse a oportunidade de te matar; faria com muito gosto.

— Sério? Mas será que tem a habilidade necessária?

Ouve-se um novo disparo, e o vidro que está atrás de Liv cai sobre ela, que tenta se proteger. Mesmo assim, acaba machucando uma de suas mãos.

— Então, querida. Mesmo sem te ver e de uma distância tão longa, consigo te fazer sangrar. Imagina o que posso fazer de perto.

Liv respira fundo, entrega um papel a Rod e responde:

— Em alguns minutos, vou descobrir do que você é capaz, cara a cara.

Rod abre o papel e lê:

"Quando a luz apagar, pule pelo vidro quebrado e corra pra escada."

Ele olha para ela sem entender. Liv esboça um sorriso, e o interlocutor volta a falar:

— Rod, em alguns minutos vou ligar novamente. Liv, aproveite seu último dia de vida.

LINHA 4 AMARELA

– Último dia? Olha, se tem uma coisa em que eu sou extremamente boa, é em derrubar meus inimigos.

Após essa frase, sorri para Rod e aperta o enter em seu tablet.

Ele olha para o lado e vê todos os drones caindo ao mesmo tempo, e um segundo depois a luz se apaga.

Ela grita:

– Agora!

Ambos pulam o vidro quebrado e correm para a escada.

O relógio marca 20h34.

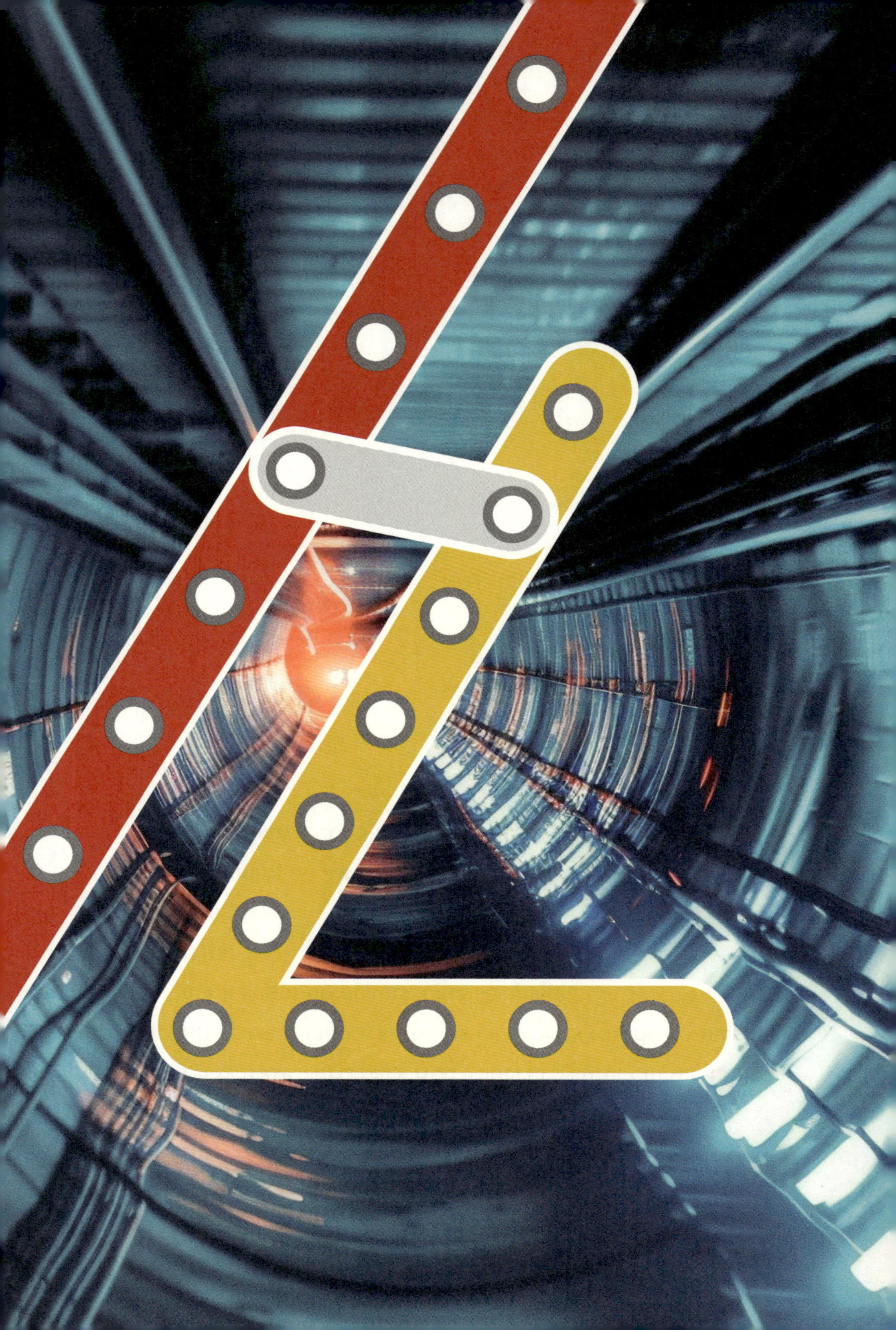

CAPÍTULO 27
Fé

TEMPLO DE SAUL – BRÁS

ZONA LESTE – SÃO PAULO – 20H35
35 MINUTOS APÓS A SEGUNDA EXPLOSÃO

O templo está lotado. O local parece um grande palácio, com capacidade para mais de dez mil pessoas na nave principal. Hoje, além das dez mil do lado de dentro, há mais milhares de pessoas do lado de fora, nesse que foi divulgado como o Culto do Fim dos Tempos.

No púlpito, o pastor Clemir Azevedo conduz os fiéis:

— E não sou eu, irmãos (jamais utilizaria de minhas palavras), é Deus, sim, Deus que fala, que nos avisou. Percebam e ouçam: Sete é o número divino, usado por esses terroristas para matar. Isso não é coincidência, pois em Apocalipse está escrito: "Quando o Cordeiro abriu o sétimo selo, houve silêncio no céu por cerca de meia hora. Então vi os sete anjos que estão em pé diante de Deus, e a eles foram dadas sete trombetas."

"Sete trombetas, irmãos, e ouçam, quem tiver ouvido que ouça a palavra de Deus: 'E o anjo pegou o incensário, encheu-o do fogo do altar e o atirou à terra. E houve trovões, barulhos, relâmpagos e terremoto'.

"Percebam, irmãos, que a mão divina vem nos mostrar nossos erros; são as profecias que nos dizem que precisamos de mudança. Estamos no fim desta era, e as pessoas são tão rebeldes contra Deus que se declaram ao universo como se fossem Deus. Assim como fazem nossos políticos neste momento. Mas ainda há tempo para se arrepender e aceitar Jesus Cristo como Senhor e Salvador de sua vida. Irmão, você precisa fazer isso hoje, agora. Eu evitei isso por muito tempo, mas é preciso que a mão de Deus esteja à frente deste país. Por isso, eu peço a ajuda de vocês, peço o dízimo, para que possa concorrer à presidência deste país e fazer com que a palavra de Deus seja ouvida. Ele é misericordioso e vibra, luta por nós, porque nos fez à sua própria imagem e semelhança. Mas este país está envolto em pecados. O povo anda na rua como se fosse Deus, nossos jovens agem como se fossem Deus, e eles, sim, sofrerão a ira do nosso Senhor. Aleluiiaaaaaaaaaaaa, irmãos!"

O templo vibra, com mais de dez mil vozes gritando "aleluia". Os fiéis estão extremamente animados, com sua esperança renovada com o alvorecer de uma nova era em seu país. O pastor Clemir continua:

— E é a partir de hoje que o futuro começa, é hoje que Deus tomará as rédeas do nosso país. E cito novamente o livro sagrado, a Bíblia, que diz em Apocalipse 21:4: "E Deus limpará de seus olhos toda lágrima; e *não haverá mais* morte, nem pranto, nem clamor, nem dor. Porque as primeiras coisas são passadas". Esse momento, irmão, esse momento está para chegar, e...

As luzes se apagam, e ouve-se um estrondo. Quando as luzes voltam a acender, ao lado do pastor, surgem duas figuras vestidas com capuzes brancos.

Após segundos de silêncio, uma delas pega o microfone e se dirige ao pastor:

— Eu posso lhe dizer uma frase que também está na Bíblia. Cito agora Apocalipse 16: "Pra que tanto dinheiro? Não adianta pôr no bolso do terno. Eles não aceitam isso lá no inferno".

O pastor dá um passo para trás e é imobilizado pelo outro homem vestido de branco.

— E a vocês eu digo, citando uma frase do Evangelho: "Lúcifer havia sido criado e ungido para uma posição de grande autoridade, mas tornou-se um grande dragão vermelho após a queda".

"E, pra terminar, também vou citar Apocalipse 19:20: 'Mas a besta foi presa, e com ela o falso profeta que havia realizado os sinais milagrosos em nome dela, com os quais ele havia enganado os que receberam a marca da besta e adoraram a imagem dela. Os dois foram lançados vivos no lago de fogo que arde com enxofre'.

Após dizer essa frase, ele se vira para o pastor Clemir e diz:

– Não precisamos de mais políticos, e sim de menos menti-rosos. Em nome da Mãe. Em nome de SETE.

Ambos abraçam o pastor, e a explosão que se segue é acom-panhada de gritos e do barulho da nave principal caindo, como em uma cena hollywoodiana.

No instante seguinte, apenas um silêncio ensurdecedor ecoa pelo local.

O relógio marca 20h43.

CAPÍTULO 28
FALCÃO NEGRO EM PERIGO

REDE IMIGRANTES DE TELEVISÃO

JARDIM LEONOR – SÃO PAULO – 20H45
45 MINUTOS APÓS A SEGUNDA EXPLOSÃO

Jorge Luiz Jatene esbraveja com a produção antes de voltar ao ar. Aos sessenta anos, o apresentador, um ícone da tevê brasileira, se recusa a atender à ligação de uma suposta porta-voz do SETE, que se denomina Mãe. Com seus um metro e noventa de altura e seu jeitão debochado, com o sotaque carregado de Ribeirão Preto, Jatene não economiza ao reclamar no ar sobre a situação.

– Boa noite, se bem que de boa tem pouco. Estou extremamente chateado, e isso pra usar uma palavra bonita, porque estou realmente puto com a situação. E eu grito mesmo! Não adianta ficar falando nessa merda de ponto pra eu parar, senão eu jogo isso fora. E digam que sou velho, retrógrado ou o que quiserem, porque estou cagando pra opinião de qualquer um. Vamos ao que interessa: ligou aqui, no telefone da produção, uma tal de Mãe, querendo que eu a colocasse no ar. Aí me vem a produção e pede que eu atenda. Agora digo: pra quê? Olha o que esses crápulas estão fazendo, esses pulhas! São duas bombas que já explodiram no metrô, e ficamos sabendo há pouco que o Templo de Saul foi atacado também. Não que eu tenha qualquer carinho por aquele antro de mentiras e de lavagem de dinheiro. Eu realmente não gostava do lugar, mas são vidas humanas que se perdem, e me pergunto: pra quê? Por quê? Trabalhei anos na rede de tevê dele, e não digo que era um santo, nem que era bom homem, ou honesto. Realmente não era, acho até que a empresa perdeu muito ao ser vendida pra essa instituição. Mas o que leva um ser humano a achar que tem o direito de tirar a vida de outro? Por que é tão difícil esse respeito? Meu amigo comandante Amílcar está a bordo do Falcão Negro, sobrevoando agora o Palácio dos Bandeirantes, onde parece que, finalmente, o governador vai fazer um comunicado. Esse, sim, eu queria que ligasse, mas duvido, duvido qualquer político ter a pachorra de ligar aqui. Eu duvido. Me dê imagens, quero imagens. Olá, comandante Amílcar.

— Olá, Jatene. Nesta noite tensa para a história nacional, estamos aqui sobrevoando o Palácio dos Bandeirantes, onde às 20h55 o governador vai finalmente fazer um comunicado.

— Sim, Amílcar, finalmente mesmo! Eu não tenho nada contra o governador, mas nas últimas horas ele foi de uma covardia tão grande que me deixou chocado! Porque, se eu soubesse que meu filho está preso em qualquer lugar, eu estaria lá em dois minutos! Então acho que foi uma demora muito grande e não tenho dúvida de que isso alastrou e piorou muito a situação. Amílcar, me diz, como está a movimentação aí?

— Em toda a minha vida como piloto nunca vi o palácio tão equipado, várias equipes da Força Nacional, ABIN, Polícia e Exército em todos os lugares. Daqui a poucos minutos, numa sala extremamente blindada, será feito o comunicado para todo o Brasil.

— Amílcar só um minuto, eu vou chamar aqui os comerciais, porque a produção insiste em ficar me importunando a orelha com uma coisa que eu já disse que não vou fazer. Voltamos em um minuto.

Jatene sai do ar e vai direto até a produção:

— Que porra que vocês querem de mim?

O diretor do programa chega e diz:

— Jatene, nós precisamos colocar essa mulher no ar. Fizemos várias perguntas, ela realmente é parte do que está acontecendo, pode dar informações.

— Virou o quê, aqui? Programa do Bilu? Entrevista falsa com o PCC?

Jatene diz isso esbravejando. Já havia sido vítima de um caso de enganação por telefone. Ele olha ao redor e vê toda a sua equipe acuada.

Para um minuto, bufa e diz:

— Põe essa mulher no ar. Vamos ver o que tem pra dizer. Mas, se for uma palhaçada, digo com todas as letras: mando todos vocês se foder, porque aqui é de jornalismo, não é Tônia Arão. Volta pro ar e põe ela em seguida.

O diretor abre um sorriso discreto e diz:

— Ok, Jatene, em 3, 2, 1.

— Estamos de volta, e, após muita insistência de pessoas que acham que eu sou animador de torcida, vou atender à ligação de uma pessoa que se denomina "a Mãe" e diz ser do tal SETE. Já está no ar, pode falar.

— Boa noite, Jatene e Brasil.

— O que a noite tem de boa? Porque não sei se você viu o caos que está no país. Provavelmente, sim, já que são vocês que estão causando isso, não é verdade?

Jatene diz isso em um tom debochado e cheio de malícia. Poucos segundos depois, a voz do outro lado responde:

— Eu entendo sua desconfiança. Você realmente acha que não sou parte do SETE?

— Eu acho que o Brasil foi campeão de 1950, mas você é uma fraude.

— Ok. Pessoal, olhem para a tela de sua tevê, percebam que ela está se dividindo. Comandante Amílcar, está me ouvindo?

Jatene dá uma gargalhada histérica de raiva e olha para o seu diretor, que pede calma. Respira fundo e diz:

LINHA 4 AMARELA

– Agora você comanda o programa? Quer que eu saia?

- Jatene, pode chamar o Amílcar, por gentileza?

- Que gentileza sua, ele já está ali no link. Mais alguma coisa, senhorita?

– Sim. Por favor, Amílcar, ative seu paraquedas. Já que querem uma prova de que sou do SETE, em quinze segundos você vai perder o controle do Falcão Negro. Já invadimos o sistema, e daqui a um minuto vamos jogar o helicóptero na grama do palácio.

– Mas que coisa ridícula! Desliga essa imbecil, essa crápula, porque tem coisas que não dá pra aguentar. Amílcar, por gentileza, alguma novidade?

Jatene percebe que Amílcar demora para responder. Ele insiste novamente:

– Amílcar?

Ouve-se a voz arfante do piloto:

– Jatene, realmente os sistemas sumiram. Estamos perdendo o controle do helicóptero.

Amílcar e o cinegrafista Gerson se apressam para colocar o paraquedas. O comandante consegue colocar rapidamente, mas Gerson se enrola todo com o aparato. O helicóptero, já fora de controle, aumenta um pouco a altitude, e em seguida começa um rasante em direção ao chão.

Jatene estranha a movimentação da câmera no helicóptero e chama novamente pelo comandante, dessa vez sem obter

139

nenhum retorno. Enquanto isso, na aeronave, Gerson percebe que não vai conseguir se safar e empurra Amílcar, tentando salvar o amigo. O comandante rapidamente aciona o paraquedas e respira aliviado, até ver que ele abriu e enrolou na hélice da nave.

Amílcar, desesperado, tenta se soltar, sem obter sucesso. A hélice puxa seu corpo, que se choca várias vezes na carcaça do helicóptero, até que um golpe fatal corta seu pescoço. O helicóptero prossegue seu rasante em direção ao jardim do Palácio dos Bandeirantes.

Jatene vê a câmera de seu amigo caindo, e em seguida perde a comunicação com o Falcão Negro. Poucos segundos depois, o helicóptero se choca com o chão, causando uma enorme explosão.

Jatene, sem entender nada, grita:

– Que porra você fez?!

Calmamente, a Mãe responde:

– Eu? Apenas espero ter ganhado sua atenção. Escolhi você por ser um dos poucos e verdadeiros jornalistas honestos que conheço. Eu havia pedido atenção, como toda boa Mãe, mas agora eu a exijo, antes que precise corrigir mais alguém. Falarei por três minutos, depois quero assistir a algo que será muito mais interessante para o povo. Temos um acordo?

Jatene olha para os lados e engole em seco suas palavras. Ele confere seu relógio, que marca 20h51.

CAPÍTULO 29
RAMONES

ESTAÇÃO CONSOLAÇÃO

ACESSO À LINHA 4 AMARELA – 19H17
43 MINUTOS ANTES DA SEGUNDA EXPLOSÃO

Após dois minutos de caminhada, Dante percebe que, além das imagens horrendas do acidente, o barulho e os gritos agonizantes também poderiam assustar Joaquim. Pensando por alguns instantes, ele tem uma ideia genial:

– Ei, Anão, o que você gosta de ouvir de música?

– Tio, minha avó ouve muito Chico Buarque e Caetano "Velhoso".

– Na realidade, é Veloso, mas tudo bem. E você, o que gosta de ouvir?

– Tem um programa que eu vejo no Youtube que toca muito Beatles. Eu gosto bastante, tio.

— Olha aí, não é de todo ruim. Você não gosta de funk, não, né?

— Eca, tio. Minha vó não me deixa ouvir isso, não. Eu gosto também de ouvir Patati e Patatá e as músicas dos filmes da Disney.

— Aí sim. Já viu *O Rei Leão*?

— Teve um dia que eu vi sete vezes.

— E qual é seu personagem favorito?

— Eu gosto do macaco.

— "Tio do Macaco" — fala Dante, imitando outro personagem do filme. — O nome dele é Rafiki. Meu personagem favorito é o Pumba; tem muito de punk nele.

— Muito funk?

— Não, não, de punk, com P.

— O que é punk, tio?

— Você não sabe o que é?

— Não sei, não.

— O punk é um grito de liberdade de uma geração. É a melhor música do mundo.

— Eu nunca ouvi.

— Vamos resolver isso agora. Vai ser bom pro seu treinamento. Vou colocar um fone de ouvido em você, ligado aqui no meu iPod, e colocarei Ramones pra você ouvir.

— Marones?

— Não, não. Ramones. São quatro super-heróis. Você vai curtir, tudo bem?

— Sim, vou gostar, quero ouvir.

O punk liga seu iPod, coloca a lista de Ramones, começando pela música "Surfin' Bird", põe delicadamente os fones na orelha de Joaquim e, antes de dar o play, diz:

— Você vai adorar essa, Anão.

A música inicia, e Joaquim começa a balançar a cabeça, e do nada ele fala gritando:

— Tiooooooo, conheço essa música! Tocou no Pica-pau.

Joaquim começa a cantarolar. Dante olha para ele e esboça um sorriso. Dá as mãos ao pequeno e continua andando.

Anda devagar, guiando Joaquim.

Dante olha para a frente e conclui que aquilo parece uma cena do Apocalipse: corpos por todos os lados, pedaços de ferro retorcidos, pedras caídas em diversos lugares, bancos e placas com os itinerários pendurados em lugares inalcançáveis.

Continua andando, passa pelo corpo da avó de Joaquim. Ele olha bem para o cadáver e sente um embrulho no estômago.

Depois de mais alguns passos, ele avista, próximo à lateral da escada que era a saída da estação Consolação, um lugar sem barulhos. Pensa por um instante e conclui que ali é seguro.

Ele leva Joaquim ao local, e após sentar o menino tira o fone e depois a venda dos olhos.

— E aí, curtiu Ramones?

— Eles tocam até as músicas do Homem-Aranha, tio! "Spider Man, Spider Maaaaan".

— Exatamente, melhor banda do mundo. Aqui estamos seguros. Parabéns, você foi muito bem nessa parte do treinamento.

Joaquim dá um sorriso.

— Agora, Anão, senta aqui e relaxa um pouco, que eu vou dar uma olhada no celular, beleza?

Ele faz sinal de positivo, pega o iPod e volta a ouvir música.

Dante faz uma pesquisa no seu celular, vê as notícias, assiste ao vídeo novamente e olha os clamores nas redes sociais.

— Sem dúvida, *é o* "11 de setembro" brasileiro.

Seu celular toca, e ele vê que é o número de sua casa. Atende às pressas:

— Alô?

— Dante, é a mamãe. Você está bem?

— Tô, mãe. — Ele tem lágrimas nos olhos de felicidade por ouvir a voz dela. — Estou preso no metrô, mas tá tudo bem.

— Filho, o que você foi fazer aí? Tá machucado?

— Mãe, é uma longa história. Conto quando chegar em casa.

Joaquim tira os fones e presta atenção em Dante, que continua:

— Meu nome é Dante, mãe. Já fui ao paraíso, purgatório e inferno. Juro que vou ficar bem.

A mãe de Dante se chama Cláudia, tem quarenta e dois anos, um metro e sessenta e cinco de altura, usa óculos fundo de garrafa e o cabelo loiro sempre preso. Tem os lábios carnudos e lindos olhos castanho-claros. Ela chora do outro lado da linha, com medo de perder o filho.

— Dante, eu não consigo falar com seu pai. Ele ainda não voltou pra casa. Ele te ligou?

— Não, mãe, mas o pai sempre atrasa. Logo, logo ele chega e vai me ligar xingando, não tenho dúvida. O trânsito deve estar um inferno.

— Filho, não estão fazendo nada para tirar vocês daí. Os políticos sumiram, com certeza vai explodir outra bomba. Tenta se proteger de alguma maneira.

— Eu farei isso, mãe. Vou desligar pra poupar bateria. Amo você, fica bem.

— Eu também te amo, filho.

Ao desligar, Dante olha e vê que Joaquim está olhando pra ele.

— Que foi, Anão?

— Era a sua mãe?

— Sim, era.

— Ela tá bem?

— Tá, sim, Anão. Ouve mais um pouco de música e descansa, que já, já teremos mais treinamento.

Joaquim coloca o fone e continua cantando a música do Homem-Aranha.

Dante pega novamente o celular, abre o WhatsApp e vê outra mensagem da Devoradora.

A mãe de Dante, após desligar o celular, cai no choro. Senta-se na cadeira ao lado do telefone, dá um gole no copo de vinho e pensa: "Djalma, onde você se meteu?"

O relógio marca 19h45.

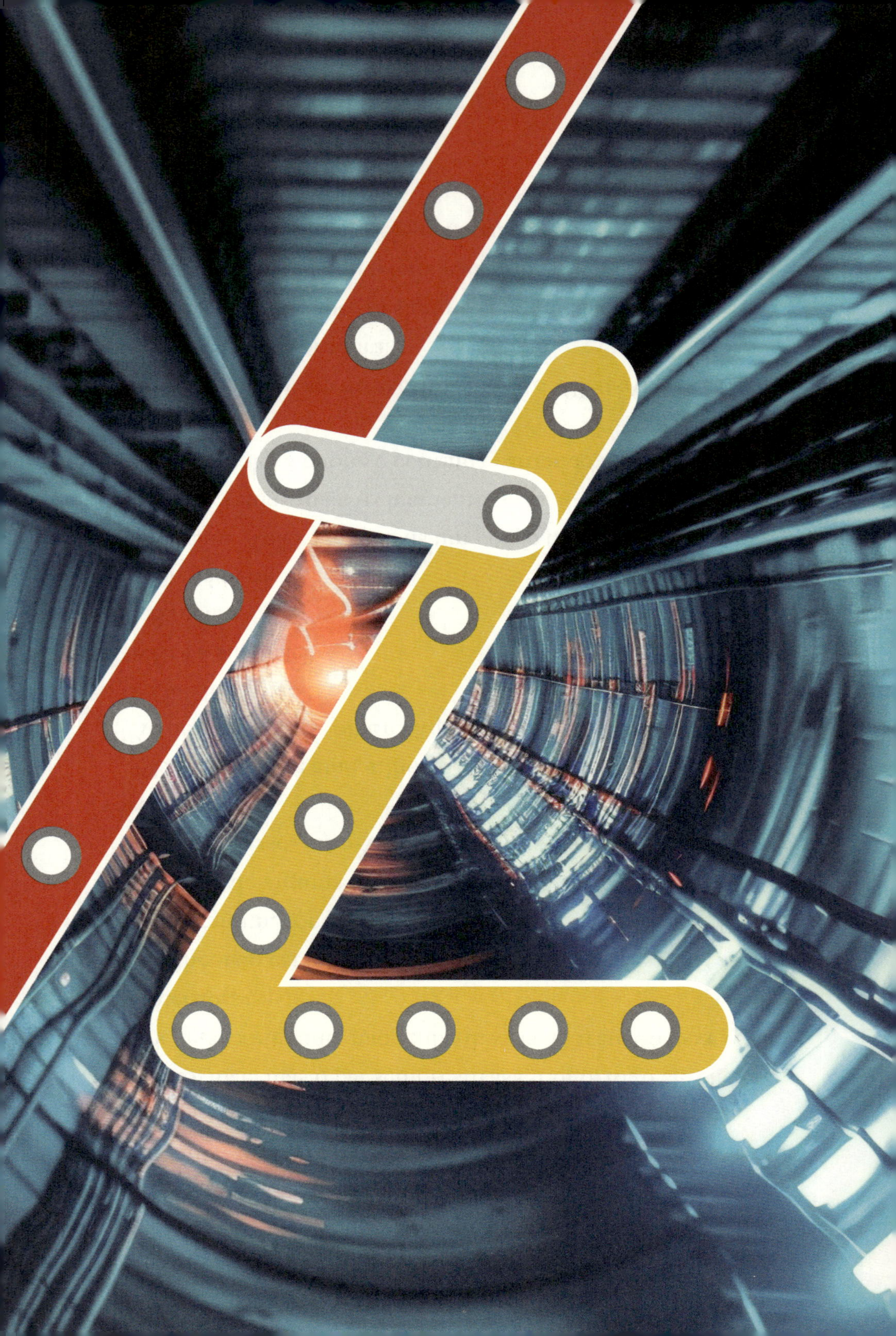

CAPÍTULO 30
PALAVRAS DE MÃE

REDE IMIGRANTES DE TELEVISÃO

JARDIM LEONOR – SÃO PAULO – 20H51
51 MINUTOS APÓS A SEGUNDA EXPLOSÃO

Jatene está paralisado, totalmente pasmo com tudo que aconteceu nos últimos minutos. Ele espera, pela primeira vez, ouvir alguém falar no seu ponto que aquilo não passou de uma brincadeira. Mas a única voz que ouve é a da Mãe:

— Jatene? Está bem?

Ele olha para o lado, olha para as câmeras ao seu redor e simplesmente senta, mudo, sem reação. A Mãe, percebendo a impotência do apresentador, continua falando:

— Meu nome é Mãe, e esse recado é para todo o Brasil. Eu sei que vocês podem estar odiando a gente agora, porém saibam que uma Mãe educa seus filhos com pulso firme, sempre pensando

147

no melhor. Nosso país está em guerra civil há anos, além de ser administrado por porcos. O SETE vai mudar isso.

— Vocês mataram milhares de inocentes — diz Jatene, sem forças, com a voz embargada.

— Os fins justificam os meios, Jatene. Algumas perdas são necessárias para termos realmente uma mudança no país. Todas as exigências que vão ser feitas visam apenas à melhoria das vidas de todos nós, cidadãos, pessoas que são mortas e escravizadas todo dia neste país ridículo. Daqui a dois minutos, o governador vai dar um recado, que eu torço que seja algo positivo, porque a vida de muitas pessoas está em jogo, e ele pode salvar todas elas. Eu, como uma boa Mãe, dou escolhas aos meus filhos. Agora vou fazer um pedido a todos vocês: quem estiver revoltado com a política brasileira e com tudo de ruim que somos obrigados a aguentar enquanto os porcos engordam e fazem a festa, vai desenhar um número 7 na porta de suas casas. Todos que estiverem com o número 7 serão perdoados, pois sou misericordiosa.

Jatene se levanta revoltado e diz:

— Você acha que é Deus agora?

— Não, querido filho, quem achava que era Deus explodiu minutos atrás. E eu, como uma boa Mãe, vou dar um presente a todos vocês. Estamos limpando o Brasil e faremos isso não apenas na política, mas também em todos os lugares onde existem malfeitores. Fiquem agora com um lindo show. Em nome de SETE.

Jatene tenta falar, mas percebe que na tela entra um link ao vivo de outro lugar. Ele olha para o lado, para a produção, perguntando o que é aquilo. De repente, aparece o nome do lugar: Cadeia Pública José Frederico Marques. Embaixo do nome, um relógio inicia uma contagem regressiva de sete segundos.

Os dois ex-governadores do Rio de Janeiro, que estão presos no local e estavam assistindo à tevê, tentam correr e batem nas barras da cela, pedindo socorro. Os policiais do local tentam correr para os carros blindados.

A tela mostra:

3... 2... 1...

7

A "Sinfonia número 7" de Beethoven começa a tocar. Os telespectadores que assistiam à Rede Imigrantes olham sem acreditar ao ver o presídio ser implodido. Um grande clarão, seguido por muita fumaça, é a última cena vista. Em seguida, o vídeo sai do ar, a música para, e todos veem Jatene olhando para o lado. Ele olha para a câmera, ainda mudo e estático.

Acontece um corte, e na tela aparece o símbolo do Estado de São Paulo, seguido pela música de A Voz do Brasil e uma voz grossa e suave que diz:

— Fiquem agora com um comunicado urgente do excelentíssimo governador de São Paulo, Jorge Hackmen.

O relógio marca 20h55.

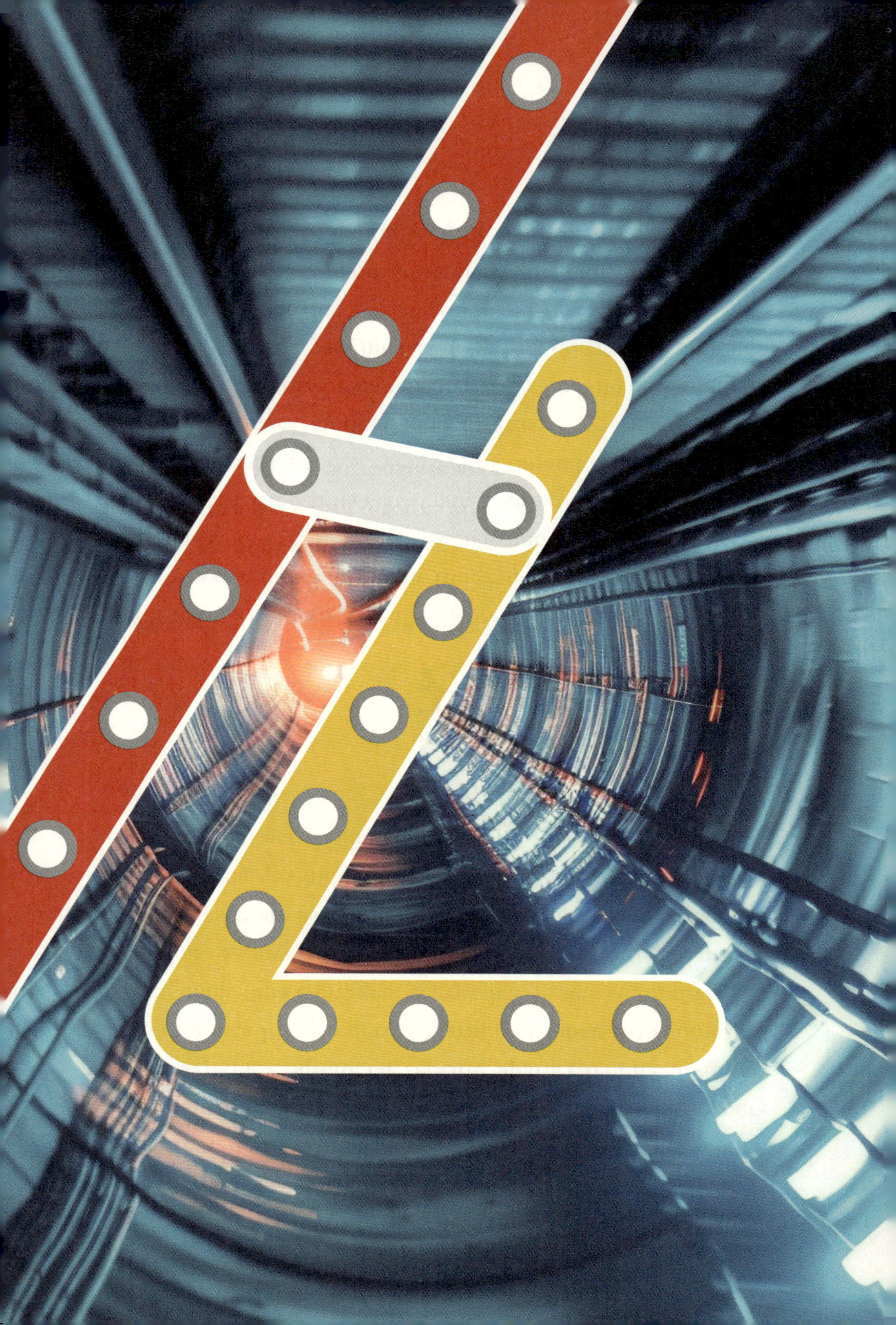

CAPÍTULO 31
AO MESTRE, SEM CARINHO

FACULDADE DE FILOSOFIA, LETRAS E CIÊNCIAS HUMANAS DA USP

DEPARTAMENTO DE HISTÓRIA –
VILA UNIVERSITÁRIA, SÃO PAULO – 16H30
1 HORA E 46 MINUTOS ANTES DA PRIMEIRA EXPLOSÃO

Djalma está sentado em sua mesa após uma semana difícil, com muitas provas e reclamações da diretoria. No entanto, o que mais o preocupa é o seu filho Dante, com aquele cabelo estranho e essas novas músicas. Amante do rock progressivo e de bandas como Cream, The Animals e Pink Floyd, ele sempre considerou o punk uma arte menor, e ver que seu filho amava aquilo não o deixava feliz.

Aos cinquenta e cinco anos, Djalma é o clássico professor de História. Com um metro e setenta e sete de altura, barba e cabelos longos, óculos redondos ao estilo Harry Potter, ele é magrelo, tem mãos grandes e um estilo peculiar para se vestir, como se ainda fosse um hippie dos anos 1960 – bem diferente do galã que foi nos anos 1990, quando todas as alunas estavam doidas para ter aulas de História.

Conheceu sua esposa, Cláudia, na USP, no final dos anos 1980, quando ele já era professor e ela estava começando seu curso de História. Seu estilo despojado, suas posições políticas e sua ótima capacidade e eloquência conquistaram a jovem. Mais de vinte anos se passaram, e hoje o casal não vive seu melhor momento. Já enfrentaram milhares de outras crises por causa das "escapadas" de Djalma, mas esta com certeza é a pior crise de todas.

Após as mudanças no governo, Djalma se tornou insuportável, falando de política a todo o momento e pensando apenas nisso, vinte e quatro horas por dia. Chegava em casa e ligava na TV Câmara ou na TV Senado, como se só aquilo fizesse sentido para ele. Extremamente chateado com a mudança na aposentadoria, até suas aulas caíram de qualidade, o que causou vários problemas entre ele e seus superiores.

Na aula de hoje, discutiu com um aluno que dizia que a reforma era necessária. Perdeu tanto a linha que acertou o apagador na testa do rapaz, que precisou ser levado para o Hospital Universitário. Após esse acesso de fúria, ele desligou o celular e ficou sentado à sua mesa, simplesmente pensando em nada.

De repente, ouve um bater de porta. Olha para fora e avista uma figura feminina. Há algo de familiar naquele rosto, e ele pensa: *Pode ser que meu dia melhore.*

— Entre.

Ela adentra a sala, encosta a porta. Djalma a observa e tem certeza de que a conhece.

— Olá, sou o professor Djalma. Em que posso ajudar?

— Eu sei bem quem você é, professor.

Reconhecendo a voz, ele tem certeza de que já a ouviu antes. Tenta voltar ao passado. Será uma de suas alunas? Será uma "daquelas" alunas?

Após um tempo pensando, um clarão surge. Djalma dá um sorriso e diz:

— Você? Nooooossa, quanto tempo, hein?

Ela, no entanto, não esboça o mesmo sorriso, nem demonstra nenhuma reação de felicidade. Continua indo na direção dele, e seus coturnos fazem um barulho seco. Com as mãos nos bolsos do sobretudo, apenas o encara.

— Ficou muda? Parece não estar feliz em me ver. Pensei que estivesse com saudade.

Ela para em frente a ele, que continua sentado, olhando-a. Depois de segundos de silêncio, ela diz:

— Boa noite, Devo.

Com essa frase, tira de dentro de seu sobretudo uma escopeta. Djalma recua, tentando se proteger, mas os três tiros o atingem, duas vezes no peito e uma o seu braço. Ele olha para o braço ferido e percebe que não são balas, e sim dardos tranquilizantes. Cai da cadeira, sentindo seu corpo todo dormente. Olha para cima, vê o corpo dela e, com a língua formigando, tenta falar.

– Por quê, La? Por quê?

Ela o encara, e uma lágrima solitária escorre em seu rosto. Respira fundo, ergue a escopeta e dá um novo tiro, desta vez no rosto.

Djalma desfalece.

Enquanto coloca o capuz preto na cabeça dele e arrasta o corpo para o canto da sala, ela murmura uma frase:

– "Não há maior dor do que recordar a felicidade nos tempos de miséria."

CAPÍTULO 32
LAYLA

FACULDADE DE FILOSOFIA, LETRAS E CIÊNCIAS HUMANAS DA USP

DEPARTAMENTO DE HISTÓRIA – VILA UNIVERSITÁRIA
SÃO PAULO – 20 ANOS ANTES

Layla soltou um grito histérico ao ler seu nome em primeiro lugar entre os aprovados do curso de História na USP. Aos vinte anos de idade e após um ano de cursinho em Pindamonhangaba, sua cidade natal, ela chegaria a São Paulo com suas aspirações e sonhos.

Filha única de uma família abastada do Vale do Paraíba, Layla teve uma infância feliz aos olhos da sociedade, que sempre a via brincando e correndo alegre com seus amigos e sua mãe. Mas era à noite que sua infelicidade vinha. Desde os onze anos de idade, as visitas de seu pai ao seu quarto a deixavam com medo.

"Minha menina está crescendo". Aquela frase ecoaria para sempre em sua mente.

Ao perceber o descaso temeroso de sua mãe e as investidas cada vez mais constantes de seu pai, seu mundo foi ficando cada vez mais preto e branco, e a vontade de ir embora do Vale foi aumentando. Colocou em sua cabeça que estudaria e sairia daquela cidade o mais rápido que pudesse. Os anos foram passando, e, entre o crescimento político de sua família, as noites de terror com seu progenitor e os poucos momentos de felicidade, Layla cresceu e se tornou uma linda e decidida mulher. Aos dezoito anos, terminou o ensino médio e começou o cursinho, com o objetivo de ir para a USP, em São Paulo, para a revolta de sua família.

— O que acha que vai encontrar em São Paulo? — disse seu pai, espumando de raiva.

— Tudo que eu não encontro aqui.

— Você tem tudo aqui, filha — afirmou sua mãe.

— Tudo, mãe? Eu quero mais! Quero crescer, ser eu mesma e esquecer tudo o que acontece aqui nesta casa.

Ao dizer isso, levou um sonoro tapa na cara e caiu no chão. Seu pai a olhou com ódio, suas mãos abriram e fecharam num movimento repetitivo. Ele a pegou pelo cabelo e a jogou no quarto. Ao fazer isso, lançou um olhar de raiva para sua mulher, que abaixou a cabeça e entrou no banheiro. Ele entrou no quarto, fechou a porta e disse:

— Do que você tanto reclama? Se te damos tudo?

— Você só pode estar brincando, né? Quando eu era criança, não tinha entendimento, mas agora? Esse papo de família perfeita não vai mais dar certo.

Ele a puxou pelo braço e depois a encostou na parede, segurando-a pelo pescoço:

— O que você quer dizer com isso?

— Que eu vou contar para todos tudo que acontece aqui, PAI.

Ele recuou um pouco e a olhou com ódio. Avançou novamente, apertou seu pescoço com mais força com a mão esquerda, enquanto a mão direita deslizava pelo seio, pela barriga, até chegar à cintura de Layla. Puxou o corpo dela contra o dele e disse:

— Eu nunca, nunca fiz nada de que você não gostasse. Eu sei o que você é, uma vadiazinha, sempre foi uma, sempre me olhou assim. Acha que vão acreditar em você? Eu estou prosperando, seu tio também… Você estragaria a vida de toda a sua família? Você é uma desgraça, UM LIXO.

Disse isso e a soltou. Layla foi deslizando pela parede, chorando, com a cabeça entre os braços, cravando as unhas em sua pele, deixando mais uma marca. Ele a olhou com ódio, puxou-a pelo cabelo e a jogou na cama. Subiu em cima dela, passou a língua pela sua orelha, e ela chorou, desesperada.

— Vamos fazer assim, me chama de papai agora.

— Não — disse ela, engasgada com o choro.

Ele forçou mais o seu corpo contra o dela:

— Me chama de papai, e eu deixo você ir embora.

Ela deixou o corpo amolecer e disse:

— Papai!

Ele gemeu forte, como um animal, olhou-a e disse:

— Hoje será o último dia que ficará nesta casa; amanhã você estará livre. Mas, antes de te deixar ir, eu vou bem fundo no que é meu.

Trancada no banheiro, chorando, sua mãe ouviu os gritos e barulhos que se seguiram naquela fatídica noite. Desde o dia seguinte até sua mudança para São Paulo, Layla ficou na casa de sua amiga Rebeca, onde teve paz após anos de trevas.

Chegando à FFLCH, Layla sorri, vendo ali naquele campus uma nova chance, uma nova vida.

— Olá, alunos, eu sou o professor Djalma, mas podem me chamar de Devo.

Ela olha para o professor e sente algo que nunca havia sentido na vida. Olha para o cabelo comprido dele e não tem dúvida de que aquele é o homem de sua vida. Com o passar dos meses, ela está cada vez mais apaixonada, vai a todas as aulas e palestras dele.

— Menina, ele é casado, eu já te disse.

— Sim, eu sei, mas você também me disse que ele já ensinou mais que História para algumas alunas.

— Siiiiiiiiim, e dizem que ele tem uma GRANDE história.

— Isso é o que menos interessa. Eu sinto que eu e ele temos uma ligação, sabe?

— Você está apaixonada, isso eu sei. Mas ele é um cafajeste. É lindo, gostoso, mas é um cafajeste, e você não merece isso. Olha o Rob, ele sim gosta de você, e é gato também.

— Isso é verdade — diz Layla, sorrindo.

Desde que chegou à USP, Rob ficou perdidamente apaixonado por ela, porém entrou na conhecida "friendzone", local de onde Layla não pretendia tirá-lo.

Semanas depois, haveria uma festa no campus, e Layla fica sabendo que Djalma vai.

— Gata, milhares de alunas lá, você acha que ele vai olhar pra você?

— Hoje ele vai, sem dúvida.

— Queria essa sua autoestima, viu?

As duas riem. Layla se arruma como jamais fez em sua vida, com batom e um vestido vermelho, e vai para a festa disposta a conquistar seu professor.

Ao chegar à festa, dá de cara com Rob, que a espera com uma rosa.

— Oi, Layla, eu te trouxe isso.

— Você é um fofo, obrigada. Você viu o professor Djalma por aí?

Rob olha para baixo, chateado e desconcertado:

— Eu vi, sim. Ele está ali, conversando com as meninas.

Quando Layla olha para Djalma, ele já a está encarando, olhando-a de cima a baixo, e dá um sorriso de canto de boca. Ela devolve o sorriso e fica corada. Rob olha a cena e apenas vira-se de costas e vai embora.

Após algumas horas de festa, em que ela dançou e bebeu como nunca, senta-se do lado de fora, olhando as estrelas. Djalma aparece poucos minutos depois.

– Curtindo as estrelas, linda Layla?

Ela olha para ele e abre um sorriso:

– Estava esperando você.

– Me esperando? – diz isso e senta-se ao lado dela.

– Sim. Queria muito conversar com você, sempre quis.

– Que bom. Suas ideias são ótimas, é uma ótima aluna.

– Por que te chamam de Devo?

– Linda Layla, um dia te conto, juro.

– Me conta agora – diz isso recostando sua cabeça no ombro do professor.

Ele a vira e a olha nos olhos:

– Eu vou lhe contar um dia, mas hoje acho que você bebeu bastante, então vou te levar até seu alojamento, tudo bem?

Ela assente com a cabeça. Djalma se levanta, pega-a pela mão, e os dois vão conversando sob a luz do luar, até chegar em frente ao CEPEUSP.

– É aqui que nos despedimos, linda Layla.

Ela sorri e vai em direção ao professor, para lhe dar um beijo. Ele detém suavemente o corpo dela, olha-a nos olhos e diz:

160

— "Uma vontade, mesmo se é boa, deve ceder a uma melhor."

Ela olha para ele, dá um leve sorriso e diz:

— Dante, *A Divina Comédia*, certo?

— Mesmo etilicamente alterada, você é uma ótima aluna.

— Obrigada.

— Linda Layla, a gente vai voltar a se ver.

Diz isso, beija a mão dela e vai embora.

Layla abre a porta do alojamento, deita em sua cama e adormece, agarrando-se ao beijo em sua mão esquerda. Ela acorda assustada e vê uma sombra ao lado de sua cama.

— Quem está aí?

— Sou eu, Rob.

— Como você entrou? O que está fazendo aqui?

— Eu só queria ver se você está bem.

— E por que não estaria, Rob?

— Você veio embora com o professor, então pensei que…

— O professor é um cavalheiro, me trouxe em casa apenas. Já você invadiu meu quarto, então deveria se preocupar contigo, e não comigo. Vá embora daqui.

— Desculpa, Layla.

Rob pula a janela e vai embora. Layla vira para a esquerda e volta a dormir.

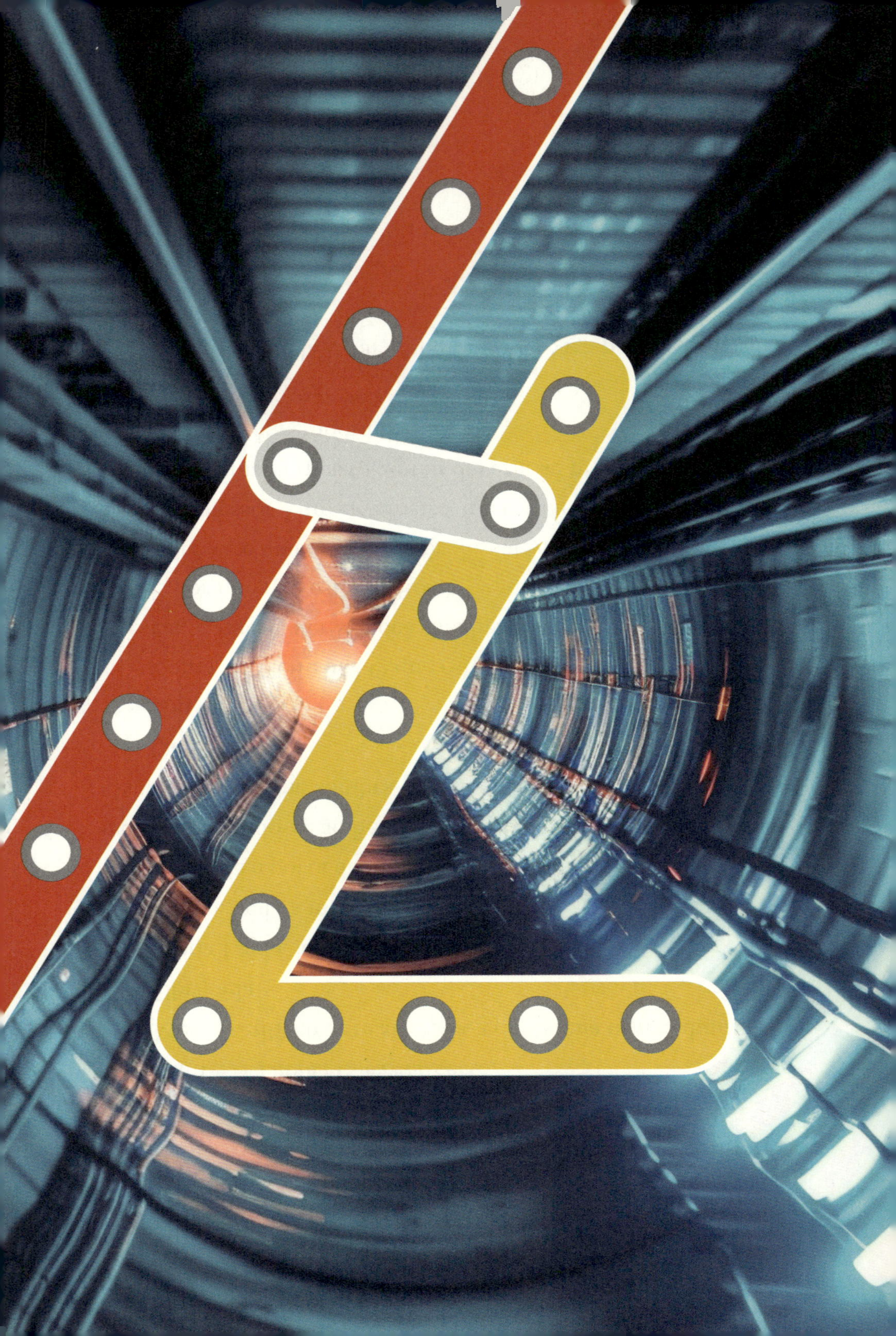

CAPÍTULO 33
DEVO

FFLCH – USP

DEPARTAMENTO DE HISTÓRIA, VILA UNIVERSITÁRIA
SÃO PAULO – 20 ANOS ANTES

— Me contaaaaaaaaaaa, eu vi que vocês foram embora juntos.

— Ele me trouxe até aqui.

— E rolou?

— Ele não quis, disse que eu estava bêbada, mas que a gente ia voltar a se ver.

— Que cavalheiro, hein? Delícia.

— Estranho foi o Rob. Ele estava aqui no quarto. Eu gosto dele, mas às vezes essa obsessão me assusta.

— Ele é doido por você.

— Me preocupa o fato de ser doido.

— Ele é uma delícia, menina; pega ele também.

— Mandy, eu não sinto nada por ele. Gosto do professor.

— O professor é casado, não pode te cobrar nada. Pega os dois, boba.

— Eu não sou assim.

— Se eu tivesse a sua sorte, eu seria.

Mandy diz isso e bate com o travesseiro na cabeça de Layla. As duas fazem uma miniguerra e depois caem na risada.

Nos meses subsequentes, Layla continua se esquivando das investidas de Rob, e Djalma se esquivando das investidas dela.

— Parece Tom e Jerry, ele foge.

— Já disse que ele é casado, por isso foge.

— Você mesma disse que ele já saiu com algumas alunas.

— Alunas vadias, né, querida? Ele já percebeu que você não é dessas.

— Eu só queria uma chance, um beijo. Aquele dia foi tão bom.

— Dá uma chance pro Rob; quem sabe isso não causa algum ciúme nele.

— Ciúme?

— Sim, ele te olha sempre, apenas foge por saber que seria bom demais. Afinal, olha pra você, é maravilhosa.

— Mandy, às vezes eu acho que você é lésbica.

— Eca, menina, o que você gosta eu chupo com chantilly.

— Não duvido.

— Vamos focar, então. Tem uma festa hoje, pode ser que o Devo não vá, mas o Rob vai. Vamos vestir você para arrasar, e quem estiver lá vai se dar bem.

Às 22 horas, as duas saem para a festa. Ao chegar ao local, Layla não vê Djalma, e isso a deixa extremamente triste. Ela vai para fora e novamente se senta para olhar as estrelas.

— Oi, linda Layla.

Olha para trás com um sorriso no rosto, mas, para sua surpresa, é Rob quem está lá.

— Oi, Rob.

— Nossa, parece que ficou decepcionada ao me ver.

— Não seja bobo, não é isso, Rob. É que hoje não estou num dia muito bom.

— Eu adoraria alegrar seu dia. O que posso fazer por você?

Ele se senta ao lado dela e acaricia seu cabelo. Layla olha para ele e sorri, tímida.

— Eu queria mesmo gostar de você, Rob. Você é muito fofo.

— Então me dê uma chance, La.

— Eu gosto de outra pessoa, Rob.

— E eu gosto de você, Layla, e faria tudo para te deixar feliz.

— Eu sei disso, mas é tão difícil pra mim.

— Um beijo, quem sabe um beijo não faz você mudar de ideia.

Ela olha para Rob. Seus olhos azuis e o cabelo cacheado o fazem parecer um anjo.

— Às vezes eu acho que você é um anjo, Rob.

— Então, deixa eu te levar ao paraíso.

Diz isso e suavemente pega por trás do pescoço dela e a beija. Layla sente toda a paixão de Rob naquele beijo, que realmente está muito bom. Ela curte o momento, puxando-o para mais perto de seu corpo.

Após o beijo, Rob olha para Layla, sorri e diz:

— Beijar você é como estar no paraíso, Layla.

Ela sorri sem jeito e diz:

— Rob, vou ao banheiro. Depois você me leva até o alojamento?

— Com certeza.

— Mas só vai me levar até lá, não quero que entre. Vamos manter apenas os beijos por enquanto, tá?

— Você manda.

Ela gosta daquela frase, mordisca os lábios e vai em direção ao banheiro.

Chegando lá, vê Djalma saindo da toalete.

— Olá, linda Layla.

— Oi, professor, não sabia que tinha vindo.

— Eu me escondo bem. Quer usar o banheiro?

— Sim, sim. Já está indo embora?

— Não! Eu vou embora com você.

— Oi? Como assim?

Ele se aproxima, puxa-a para o banheiro, encosta a porta e diz:

— Eu vim te beijar e depois vou te levar para casa.

Ela nem tem tempo para resposta, pois ele a puxa pela cintura e lhe dá um beijo. Por quanto tempo tinha esperado por aquilo, e realmente aquele beijo era maravilhoso. Os braços dele em volta dela lhe davam uma sensação de segurança e tesão. Todo o medo adormecido nela foi esvaindo, e ela se entregou.

Após um longo "amasso", Djalma diz:

— Vou te levar para casa.

— Professor, o Rob está lá fora.

— Ele vai ficar bem. Você me quer ou não?

— Quero, sim.

— Sua chance é agora, vem comigo.

Os dois saem, pela porta de trás. Ela entra no carro do professor, e partem em direção ao alojamento. Rob observa os dois indo embora e chora em silêncio.

Ao chegar em frente ao alojamento, os dois se beijam novamente. Após o beijo, ela diz:

— Eu não posso chamar você para entrar, mas adoraria.

— Eu sei. Vamos nos ver amanhã, na minha sala, às 16h40, ok?

— Nossa, que específico! Alguma coisa especial?

— Você vai descobrir.

— Mistérioooooo — ela diz isso e cai na risada.

Ele a observa rindo, depois puxa o corpo dela contra o dele e a beija mais uma vez.

— Boa noite, linda Layla. Até amanhã.

— Boa noite, Devo.

Ela sobe as escadas como se flutuasse. Vai para seu quarto e ouve o ronco do motor do carro se afastando. Seu coração está acelerado, não acredita na sorte que teve; fica relembrando todos os momentos juntos. A luz do luar bate em sua cama, e ela adormece.

Do lado de fora, Rob acende um cigarro e observa a janela lateral.

CAPÍTULO 34
GÊNESIS

FFLCH - USP

DEPARTAMENTO DE HISTÓRIA, VILA UNIVERSITÁRIA
SÃO PAULO - 19 ANOS ANTES

O romance entre Layla e Djalma prosseguiu por um ano. Totalmente apaixonada, pouco se importava se não era a única, pois para ela apenas estar com ele já valia a pena. Rob mudou para o curso de Medicina e pouco era visto no campus de História.

Layla estava cada dia mais linda e radiante, desfilando pelo campus com uma felicidade aparente.

— Nossa, gata, viu o passarinho verde?

— Hoje faz um ano que estou vendo o passarinho verde.

— Um ano? Meninaaaaaaaaa, que delícia. Vão comemorar?

— Sim, ele conseguiu um dia livre e vai dormir comigo. Vamos ao Faraós.

— Noooooooossa, que chique! Percebi nas últimas semanas que você realmente estava ainda mais linda; até ia perguntar.

— Estou muito feliz mesmo, amiga. Eu sabia que a gente daria certo.

Após dizer isso, Layla sente sua cabeça girar e cai sentada em sua cama.

— La? Você está bem? Tá pálida.

— Nossa, eu tive um mal-estar agora. Ontem também vomitei bastante.

— Xiiiiiiiii... Você anda usando camisinha?

— Oi? Não, Devo diz que gosta no pelo, que camisinha não faz bem pra ele.

— E você está tomando remédio?

— Estou, mas não sou muito boa com eles, não.

— A gente precisa fazer um teste de gravidez. Vamos à farmácia, agora.

— Pare de bobeira, eu estou bem.

— Está bem, sim. Bem grávida! Vamos agora.

Não satisfeita com o resultado dos dois primeiros, Layla insiste em fazer um terceiro, que novamente dá o mesmo resultado.

— Eu já te disse, gata, esses testes nunca falham. Não adianta você repetir quinhentas vezes: se deu positivo, vai sempre dar positivo.

— Mas não pode ser, ele vai me odiar.

— Tem uma segunda opção: não contar e... e... você sabe, gata.

— Eu não vou abortar, é uma vida.

— São duas, né? Tem a sua vida também. Converse com ele hoje e veja o que ele acha.

— Farei isso.

Layla se arruma e fica em frente ao alojamento, onde combinou de encontrar Djalma às 21 horas. Três horas depois, Mandy chega e vê sua amiga sentada, ainda esperando.

— Ele não chegou ainda?

— Não, e ele nunca atrasa. Acho estranho.

— Manda um SMS.

— Não posso. Já combinamos que só ele fala comigo, não o contrário.

— E ele não mandou nada?

— Não.

— Entra no MSN ou então manda um depoimento no Orkut.

— Eu... eu só quero dormir mesmo. Não vou arriscar tentar falar com ele e perder o que temos.

— Ai, amiga, vem cá.

Mandy abraça Layla e a leva para dentro.

No dia seguinte, Layla assiste à aula de Djalma sem tirar os olhos dele, que não a olha diretamente nenhuma vez. Ela odeia isso nele, essa interpretação de que ela não existe quando estão na frente dos outros. No fim da aula, espera todos saírem da sala e vai conversar com ele.

– Oi, Devo. Está tudo bem?

– Olá, senhorita Layla, estou ótimo. Em que posso ajudar?

– Senhorita Layla? O que houve?

Djalma evita olhar para Layla e continua focado no livro.

– Eu te esperei ontem, Djalma. O que aconteceu?

– Acabou, Layla. Minha mulher está no meu pé. Não vou arriscar meu casamento por nenhuma de vocês.

"Oi? Nenhuma de vocês?"

Ele olha para ela, dá um sorriso de canto de boca e diz:

– Devo, o Devorador de Virgens, esse é meu apelido carinhoso. Sou um Devorador, e não sobrou nada de você que eu queira. Foi bom, Layla. Você, mesmo com todas essas cicatrizes escrotas, é uma delícia, chupa bem, disso vou realmente sentir falta.

Ela o encara, com os olhos marejados, e dá um passo para trás:

– Essa brincadeira não tem graça, Djalma. Pare com isso!

– Não estou brincando. Já chega, estou terminando com você, terminando com todas vocês. Vou renovar meu casamento. Quem sabe um dia a gente se vê de novo.

– Eu estou grávida, Djalma.

– Não duvido que esteja, não.

– O que você quis dizer com isso?

– Haha, você entendeu.

– Eu não saio com mais ninguém, faz mais de um ano. É seu filho, Djalma, eu tenho certeza.

– Desculpa, mas não acredito em você. Aqui é a USP, somos liberais. Não se prenda a essa ideia.

— É um ser vivo, não uma ideia.

Djalma levanta, aperta o braço dela e diz:

— Se você não quer que isso se transforme em um ser morto, então suma da minha vida. Volta pra sua vidinha no interior, quem sabe o papai não cuida de você? Sabia que o que ele fez é histórico? Muito normal nas antigas eras.

Layla fica chocada com aquelas palavras, solta o braço da mão dele e diz, chorando:

— Eu vou acabar com a sua carreira. Vou ao reitor falar que você é um porco, um monstro, e vou ligar pra sua mulher e...

Ela leva um sonoro tapa no rosto. Em seguida, Djalma a puxa pelo cabelo e aperta seu pescoço:

— Sua vadia! Se você falar pra qualquer um sobre o que aconteceu, eu te mato e mato esse lixinho que está aí dentro de você. Vai pro seu alojamento de merda, com suas amigas piranhas, e me esquece! Esquece minha aula e esquece esta faculdade! Você é um lixo, um nada! E, se me ameaçar mais uma vez, eu acabo com você.

Ele larga Layla, que recupera o fôlego. Ela olha bem para Djalma e não reconhece aquele monstro à sua frente. Lembra-se de seu pai e de todo o terror que enfrentou por anos.

Pega sua bolsa, vai em direção à porta e diz:

— Eu amei você, Djalma. Amei de verdade.

— A vida é uma linda *Divina Comédia*, Layla. Bem-vinda ao purgatório.

Ela sai batendo a porta.

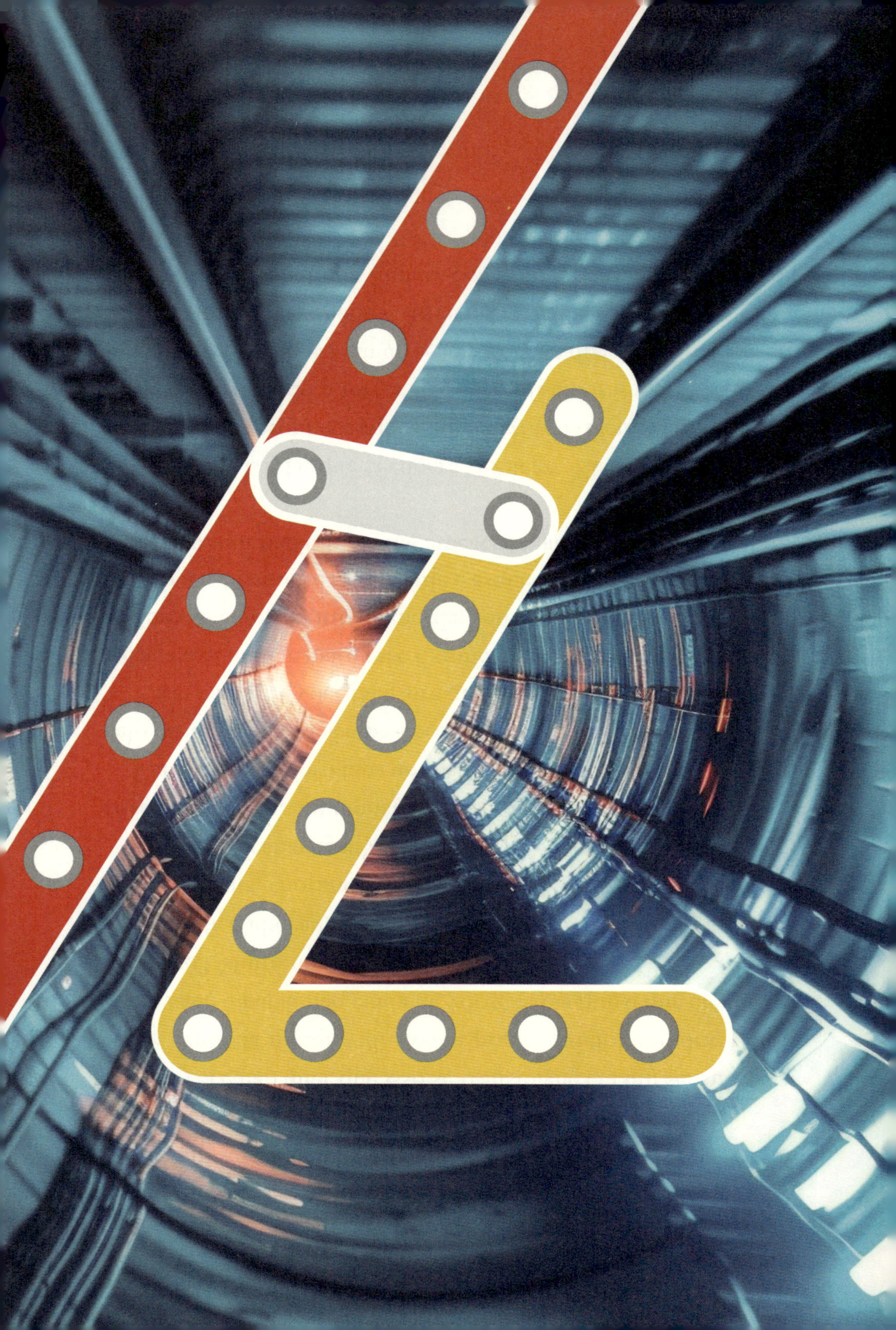

CAPÍTULO 35

FACILIS EST DESCENSUS AVERNO

FFLCH – USP

DEPARTAMENTO DE HISTÓRIA, VILA UNIVERSITÁRIA
SÃO PAULO – 19 ANOS ANTES

Layla volta para o alojamento, arrasada e disposta a realmente falar tudo sobre Djalma, expô-lo para que aprenda uma lição.

Ao entrar no alojamento, vê Mandy chorando.

– Mandy? Está tudo bem?

Mandy levanta o rosto, e Layla percebe em seus olhos que ela estava chorando há muito tempo. Aproxima-se da amiga, mas, antes de tocar nela, é atacada.

– Sua vadiaaaaaaaaaaaaaaaa! Por que você foi se envolver com ele?

Layla tenta se desvencilhar dos tapas e arranhões de sua amiga, sem entender tanta ira. Após muitas esquivas, consegue levantar e diz:

— Mandy? O que está acontecendo?

— E você não sabe? A senhorita gênia não sabe?

— Não sei, Mandy, me diz.

— Ele terminou comigo.

— Ele quem?

— O Devo, sua imbecil! Por sua causa, ele terminou com todas nós! Por que diabos você foi se apaixonar, idiota?!

Layla sente seu coração apertar. Ela fica paralisada por alguns segundo, em choque.

— Você está saindo com o Djalma?

— Eu e mais meio mundo! Mas agora, por sua causa, ele está em crise com a esposa, e por causa disso afastou todas nós. Nada mais de boas notas, nada de festinhas.

— Eu amo o Djalma, Mandy, estou grávida dele! Você sabe disso, você é minha amiga.

— Eu era sua amiga, sim, mas sou decidida. Não me apaixonei por ele: gostava do conforto, do sexo, das facilidades.

— E você realmente está chorando por isso?

Layla desvia de um sapato que passa a centímetros do seu rosto.

— Cada um se apaixona pelo que lhe convém, Layla.

— Eu confiava em você, te contei tudo.

— Sim, e achou que contando todos os detalhes não ia me deixar com vontade? Se toca, menina!

— Eu... realmente não sei o que dizer a você.

— Não diga nada! Vou sair, e amanhã não quero mais você aqui! Se vira e muda, senão vou arranhar toda essa sua linda carinha, "linda Layla".

Mandy sai como um foguete pela porta, e Layla apenas observa, estática. Senta-se na cama e tenta absorver tudo aquilo. Como pôde perder o amor da sua vida e sua melhor amiga em apenas algumas horas? Por que aquilo estava acontecendo com ela? Abraça o travesseiro e recosta-se em sua cama.

Ouve um barulho, olha pela janela e vê um vulto:

— Rob?

— Laylinha, que saudade de você.

— Oi, ainda com essa mania de janelas?

— Ainda com a mesma mania de querer ver você. Está bem?

— Não muito, Rob. Hoje foi um dia meio estranho, não está nada bom.

Rob ri e lhe estende a mão:

— Acho que tenho algo que pode melhorar seu dia.

— Já disse que não curto drogas, Rob.

— Relaxa, La. É apenas uma bebidinha nova. Você está precisando disso.

Ela olha Rob sorrindo e sente um grande arrependimento. Se tivesse continuado com ele naquela noite, nada disso estaria acontecendo. Ele é lindo, educado, e, mesmo com a mania de entrar pela janela, é muito respeitoso com ela.

– Laylinha, bebe comigo?

– Ok, Rob, hoje realmente estou precisando.

Ela dá um gole na bebida azul, acha o gosto estranho, mas gostoso. E então dá outro gole. Rob pega a garrafa e sorri. O sorriso dele se transforma em algo como o sorriso do gato de *Alice no País das Maravilhas*. Layla sente seus olhos pesar, sente um sono forte, como se seu corpo estivesse flutuando.

Ela vê Mandy sorrindo nua, e mais oito homens nus, entre eles Djalma.

– Linda Layla, mostre para eles do que é capaz.

Layla sente seu corpo passear em outros corpos, como num transe, uma dança. Ela vê o demônio encarnado e sente dor. "Devorador, Devorador, Devorador." As palavras se misturam em sua cabeça. Ela vê Rob chorar, sente dor, mas uma dor boa. Sente cansaço, sono, ela engasga, o mundo gira. Devo sorri, ela sente mãos em todo o seu corpo, vê sangue, como se nadasse em um rio de sangue. Vê a imagem de seu pai, ouve gritos.

– Você aguenta.

– Minha menina cresceu.

– *Facilis est descensus Averno.*

– Ela não merece isso.

Sente seu pescoço apertar, sente enjoo.

– Devoradora, bem-vinda.

LINHA 4 AMARELA

Ela acorda nua, dormindo ao lado da entrada de seu alojamento. Sente dor em todos os poros. Olha para o sol, que parece que vai engoli-la, seus olhos doem. Tenta falar, mas não consegue.

Vira para o lado e vomita novamente. Várias pessoas a observam, mas ninguém se dispõe a ajudar, os cochichos e risos ecoam em sua cabeça. Ela olha para o lado e vê sua chave caída no chão. Pega-a e, cambaleando, abre o portão. Sobe as escadas, como se os degraus fossem eternos. Chega à porta do seu quarto. Entra, vê Mandy e sente o corpo pesar. Tudo volta a ficar escuro.

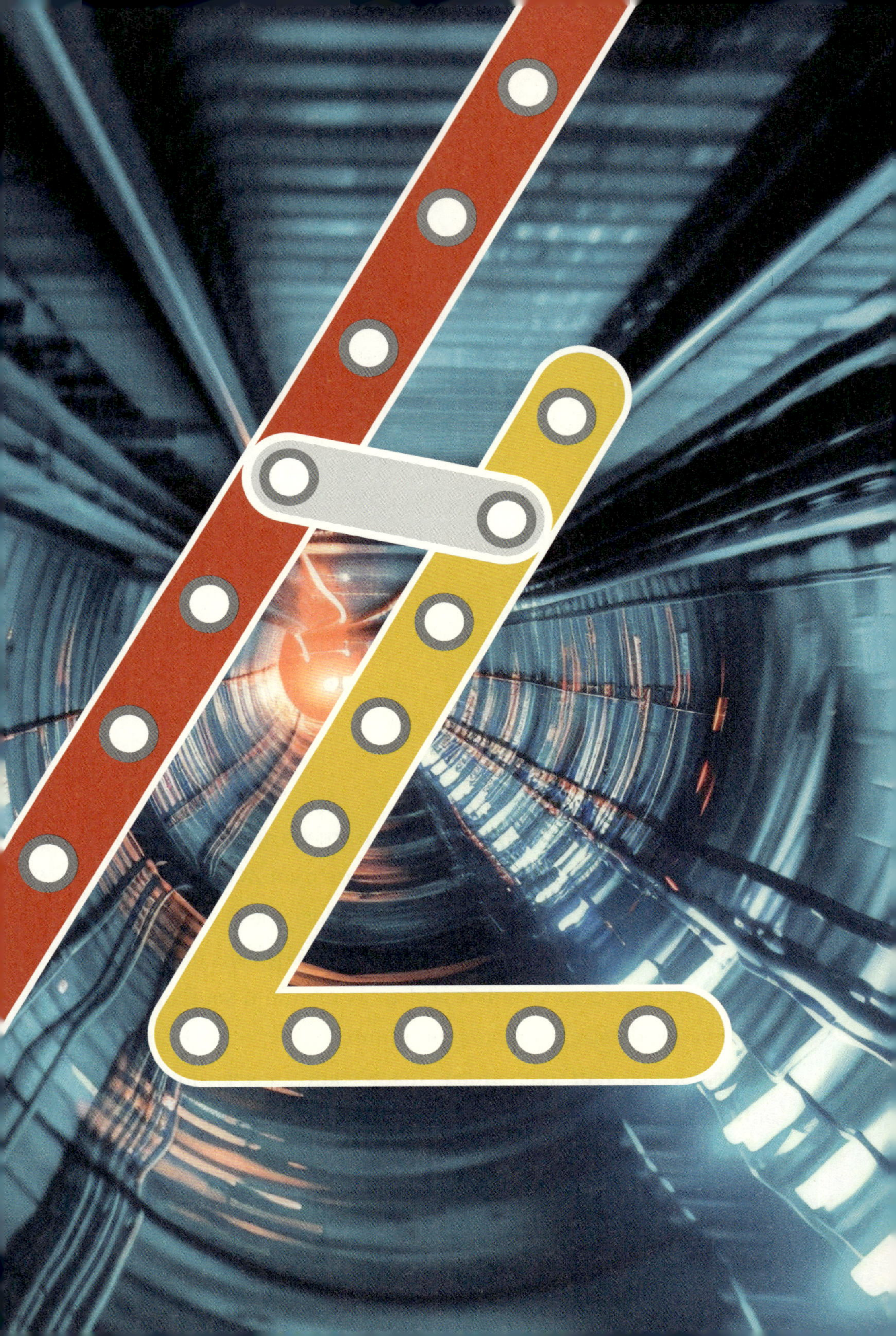

CAPÍTULO 36
O DESPERTAR

CEPEUSP

SÃO PAULO – 19 ANOS ANTES

Quando Layla acorda, Mandy está sentada ao lado dela, sorrindo.

— Bom dia, bela adormecida.

— Mandy? Eu tive um sonho muito, muito estranho.

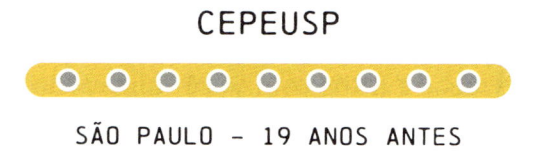

— Hummmmmmm, um sonho? Olha, menina, sonhos se realizam, hein. Vem aqui no PC, quero te mostrar algo.

Layla se levanta com dificuldade, vai até o computador e, ao olhar para a tela, fica embasbacada com as imagens.

Diante da mudez de sua amiga, Mandy volta a falar:

— Laylinha, que coisa feia! Temos muitas fotos e vídeos do seu comportamento na festinha de ontem.

— Mas eu não fui a festa alguma. O Rob veio aqui e...

Ela se lembra da bebida que tomou, e não se conforma com o que está acontecendo.

— Layla, seu amigo Rob veio aqui, sim, que Deus o tenha.

— Como assim? Que Deus o tenha?

— Ele foi encontrado morto, se afogou em um trote da galera de Medicina. Vinte e dois aninhos, lindo... Dá uma pena.

— O quê?

— Ele fez a parte dele, linda. Te dopou, e agora temos uma infinidade de vídeos e fotos com você "hiperacordada" sendo o que você realmente é: uma vadia. "Devoradora de Homens", foi como te nomearam ontem. Olha, linda, eu esperava menos de você, mas essa sua boca faz maravilhas.

Layla não consegue esboçar nenhuma reação. Ela pensa em Rob, na bebida, na dor no corpo. O que teria feito? Por que estavam fazendo isso com ela?

— Seguinte, Layla, eu preciso que arrume suas coisas e vá embora, e lembre-se: antes de expor o meu senhor, pense bem, porque a sua exposição pode ser enorme também. O que será que os priminhos do interior vão achar, hein?

— Vocês não podem fazer isso.

— Podemos fazer tudo. E não venha se fazer de vítima, não pra cima de mim. Some, Layla!

Layla pega apenas sua bolsa e vai embora, em direção à estação de metrô. Ela chora e pensa: o que posso fazer? Voltar para o interior? Tentar outro alojamento? Anda a esmo por algumas horas, sem rumo, até que sente uma forte dor e percebe que está sangrando por entre as pernas. Desmaia.

Quando acorda, a luz forte e o ambiente extremamente branco ofuscam seus olhos. Ela tenta novamente abri-los, com dificuldade, quando finalmente consegue ouvir a frase:

— Bom dia.

Layla olha para aquela figura de azul à sua frente e não entende. Ao lado dele, duas enfermeiras a observam também.

— Senhorita Layla Aparecida Hackmen?

— Sim, sou eu.

— Sou o doutor Sílvio. Você chegou ao hospital inconsciente.

— O que houve comigo, doutor?

— Você teve um aborto espontâneo, causado provavelmente pelo uso abusivo de álcool e drogas.

As imagens de desespero voltam a aparecer em sua cabeça, e ela chora novamente.

— Não precisa chorar. Você está bem, é nova, tudo vai dar certo, eu tenho certeza. E, por sinal, tem uma visita pra você.

A mãe de Layla aparece na porta. Magra e pálida, com um semblante triste, entra no quarto e dá um abraço na filha.

— Mãe, eu não sei o que aconteceu.

— Filha, fica bem. Sua tia Lívia e seu tio Jorge estão aqui também. Já estão resolvendo tudo. Eles são bastante influentes no hospital.

— Resolver? Eles vão conseguir devolver o meu filho?

A mãe olha com cara de apreensão. Seu pai surge na porta e diz, encarando-a:

— Você quer falar de filho? Quer ter filho? Então não use drogas, não beba nem faça essas suas putarias! Eu conversei com o doutor, e ele me disse por que você teve o aborto.

Olha para a filha com ódio. Ela, por outro lado, só consegue chorar. Ele continua:

— Você é uma vergonha pra família, mas hoje mesmo vai voltar para casa, e lá te ensinarei boas maneiras.

Layla olha para o pai, e aos poucos vai se levantando de seu leito:

— Eu nunca mais voltarei para aquela casa, nunca mais.

— Vai voltar, nem que seja à força!

— Será que o tio Jorge vai gostar de saber o que você fazia, pai? Será que fará bem pra campanha dele? Ou pra sua?

Espumando pela boca, ele responde:

— Você não seria louca.

— Eu sou louca, pai! Por tudo que passei com você, por tudo que passei na faculdade. E todo o seu descaso também, mãe! Eu não preciso de ninguém.

Ela arranca o soro que estava em seu braço, joga o suporte em seu pai e corre para a saída. Ele tenta correr atrás, mas é impedido pela mãe, que diz:

— Deixa ela ir.

Ele a encara com ódio e lhe dá um sonoro tapa na cara:

— Então hoje quem vai sofrer é você, pagando pelos erros dela.

Layla corre, apenas com a roupa do hospital e sua bolsa. Ela entra em um hotel barato e vê que tem apenas vinte e cinco reais. Para na frente da recepção, onde um homem careca com tapa-olho a atende:

— Veio trabalhar?

— Não, eu queria um quarto.

— Quarto é só com os clientes, sozinha não dá.

— Senhor, eu só quero descansar um pouco.

Do nada, ela ouve uma terceira voz, que diz:

— Deixa ela comigo.

Layla olha para o lado e vê uma mulher negra, nos seus quarenta e cinco anos, um supercorpo, o cabelo com tranças, um batom vermelho e olhos extremamente negros.

— Meu nome é Savanah. Quero que você venha comigo.

— Eu só quero um quarto.

— Hoje você é minha convidada. Vai tomar um banho, te darei roupas e um lugar para dormir. Amanhã conversamos.

Layla assente com a cabeça.

No outro dia, acorda e vê Savanah ao seu lado.

— Bom dia, luz do dia. As regras são simples. Café, almoço e jantar por minha conta, casa por minha conta. Garçonete ganha vinte por dia, e dez são meus. Dançarina ganha quarenta por dia e as gorjetas, e cinquenta por cento são meus. Já se quiser ser uma de nossas garotas, é quarenta o programa, e vinte são meus. Já a porcentagem por bebida é toda sua. Na minha época eu tirava uns quatrocentos por dia. Dá pra ter uma vida boa, ou pelo menos fugir de uma vida pior.

Layla tenta fazer seu cérebro entender tudo aquilo:

– Você quer que eu me prostitua?

– Eu não quero, eu lhe ofereço. Você diz se quer ou não.

– Eu acho que preferia ser garçonete mesmo.

– Com esse corpo? Tem certeza?

– Sim, tenho.

- Ok, venha tomar café. Conversaremos mais.

Por meses, Layla foi garçonete, até que um dia ele apareceu:

– Eu quero aquela.

– Desculpe, senhor Alberto, mas ela é apenas garçonete.

– Chame-a aqui, e a faço mudar de ideia.

Savanah olha para Layla e a chama. Puxa-a de canto e diz:

– Ele quer fazer uma proposta. Pelo menos ouça e seja educada.

Layla não entende a princípio, mas vai até o cliente:

– Olá, senhor, o que deseja?

– Você.

– Desculpe, mas sou apenas garçonete.

– Hoje, não. Hoje você é minha. Quanto?

Layla vê a certeza nos olhos daquele homem. Aquilo a assusta e excita.

– Desculpe, senhor, eu...

LINHA 4 AMARELA

— Mil reais, agora, em dinheiro. Quinze minutos contigo, no quarto.

Ela olha com cara de espanto para ele. Mil reais por quinze minutos? Nossa!

— Desculpe, senhor, mas…

— Dois mil reais por quinze minutos. Aceite e vamos agora.

Layla vê o homem se levantando. Savanah olha bem para ela, que já conhece aquele olhar; sabe que não é um pedido. Então ela acompanha o homem até o quarto.

— O que quer beber?

— Eu não bebo, senhor!

— Eu pago, então comigo você bebe.

— Melhor não, de verdade.

Ele pega sua maleta:

— Aqui estão seus dois mil reais, e te dou mais mil pra beber comigo.

Ela olha para o dinheiro, tentada.

— Ok, vamos beber.

Aquela foi a primeira noite de Layla, ainda com muito terror em sua cabeça. Depois daquela noite, com seu cliente fixo, já poderia sair de lá, mas a ganância a fez ficar. Entorpecida pela bebida, a vida não parecia tão ruim. Conheceu a cocaína um mês depois. Cheirava mais do que trabalhava, estava ficando fora de controle.

Meses depois, Savanah diz:

187

— Eu vou ter que tirar você daqui?

— Savanah, sou sua galinha dos ovos de ouro.

— Galinha, sim, mas não vejo ouro em você, só pó.

— Meu pó.

— Meu estabelecimento.

— Então, enfia ele no cu.

Essa foi sua última conversa com Savanah, antes de ir embora. Layla passou dez anos em outras casas privê, até que recebeu uma ligação.

— Alô?

— Eu quero você aqui.

— Savanah?

— Sim, vem aqui agora, é urgente.

Layla vai, e Savanah lhe explica sobre o câncer e a metástase. Ambas choram juntas.

— Você apenas precisa controlar o pó e fazer todas as planilhas. Eu só confio em você pra tomar conta daqui. E, se alguém te quiser, cobre vinte vezes mais.

— Minha bruxa velha, eu tomarei conta da espelunca, sim. Eu te devo isso.

— Você precisa de um nome, um nome forte, algo mais intimidador. Tem alguma ideia?

Layla para e pensa.

De repente esboça um sorriso, vira pra Savanah e diz:

— Me chame de Devoradora.

CAPÍTULO 37
A DEVORADORA

LADY SNAKE

GALERIA DO ROCK
SÃO PAULO – 3 MESES ANTES

Anos se passaram, e Layla tem quatro filhos, cada um de um pai diferente. Ela vive com as pensões e a grana de seu bordel. Na Galeria do Rock, ela encontrou seu escape da vida noturna.

Ela conversa com a assistente da loja:

– Explique isso direito, Simone. Veio alguém aqui e simplesmente deixou essa caixa para mim?

– Isso mesmo.

– Que inferno, não deu nenhuma dica?

– Não, La.

– E como era?

– Era uma mulher, de terninho, parecia ser socialite.

– Vamos ver que diabos tem aí dentro.

Layla abre a caixa e vê várias notas de 100 reais e um aparelho celular.

– Puta que pariu, que porra é essa?

– Você pergunta pra mim? Você que recebeu. Será herança?

– Não sei, não sei mesmo.

– Olha o celular aí, vai que tem algo.

Layla vai pegar o celular, e ele toca no mesmo momento. Ela se assusta, e em seguida atende.

– Alô?

– Carro preto, na saída em frente à igreja.

– Ok, o que tem?

– Entre nele.

– Quem é você, e por que eu deveria entrar nesse tal carro?

– Se quiser mudar o mundo, evitar que pessoas sejam abusadas como você foi, e ainda ganhar dinheiro e uma vingança, venha agora.

Layla hesita por alguns segundos. A atendente Simone apenas olha para ela.

– Si, é o seguinte: guarda a caixa com você. Se acontecer algo comigo, isso pode ajudar a me achar.

– Ok, mas aonde você vai?

– Eu realmente não sei – diz isso e sai da loja.

Desce as duas escadas rolantes, atravessa a rua e entra pela porta de trás do carro. Uma voz do banco da frente diz:

— Olá, Layla.

— Me chame de Devoradora.

— Não.

— O quê?

— Você a partir de hoje se chama Três.

— Hahaha, você trabalha com batismo, é?

— Eu sou a Mãe. Sei tudo sobre você, por isso te escolhi.

— Me escolheu pra quê?

— Imagine, filha, que políticos recebam salários mínimos, que direitos sejam respeitados, que ninguém mais precise ser abusado. Imagine um mundo criado por uma Mãe, não por um pai.

— Minha mãe não é um grande exemplo.

— Eu sou sua Mãe a partir de hoje e vou lhe mostrar o que é exemplo. Seus quatro filhos terão tudo de bom, e eu vou te dar um grande presente.

— Já me deu, uma caixa cheia de grana.

— Esse presente foi físico. Vou te dar um para a alma.

— Diga mais.

— Dante.

— *A Divina Comédia*? Não estudo mais isso.

— Dante está começando a ir à galeria. Você vai seduzi-lo, transar com ele e engravidar dele, e depois vai para o plano do SETE.

– SETE?

– Isso explicarei depois.

– Tá, mas por que eu daria pro tal Dante?

– Conhece Djalma? Ou deveria dizer Devo?

Faz anos que Layla não ouve aquele nome. Ela sente calafrios e um mal-estar.

– É um nome que não faço questão de lembrar.

– Nessa pasta aí ao seu lado, além do seguro de vida por meio do qual seus filhos vão ficar ricos, estão todos os vídeos e fotos daquela época da USP. Ninguém mais tem eles, e por sinal sua amiga Mandy está esperando você. Já te levarei até ela.

Ao ouvir o nome de Mandy, um filme passa na cabeça de Layla, e em poucos segundos ela revive todo o horror que passou naquela época.

A Mãe continua falando:

– Dante é filho de Djalma, e eu vou colocar vocês em contato. Você vai se vingar de Djalma, engravidando do filho dele e levando-o para a morte; depois, levando-o também para ver isso de perto. O que acha da ideia?

Um amálgama de sentimentos toma conta de Layla: raiva, tristeza, dor; tudo junto faz o pensamento dela acelerar.

– Eu topo.

A Mãe apenas sorri. Eles param o carro em um estacionamento abandonado.

— Venha comigo — diz a Mãe, abrindo a porta.

Ao abrir o porta-malas, Layla vê Mandy, que arregala os olhos e tenta se soltar.

— Esse é meu primeiro presente para você. Quer que eu faça ou você faz?

Os olhos de Layla estão radiantes de raiva. Ela olha para Mandy e lembra-se de tudo que foi causado por ela. A Mãe continua seu discurso:

— Ela e o Djalma acabaram com a sua vida. Você tinha um futuro brilhante, que foi perdido por causa de falsidades e abusos. Então, com essa arma, você pode começar a mudar seu destino.

Estende a arma para Layla, que a segura, com a mão trêmula.

— Mate-a em meu nome, em nome da Mãe.

Layla solta a trava do revólver e aponta para a cabeça de Mandy, que tenta a qualquer custo se soltar, desesperada. Ao ver o desespero nos olhos da "amiga", solta um sorriso de canto de boca e tira a mordaça da boca de Mandy, que desata a falar:

— Layla, Laylinha, por favor, me ajuda, eles são loucos, me prenderam aqui.

Layla olha no fundo dos olhos de Mandy e diz:

— Você acabou com a minha vida. Me diz apenas: por quê?

Mandy olha para ela, e sua maquiagem está borrada por causa do choro. Olha para os lados e começa a gritar:

— Socorro, alguém me ajuda, socorro!

Layla dá um tiro no braço esquerdo de Mandy, que solta um grito de dor.

— Eu lhe fiz uma pergunta, sua vadia. Por que você fodeu a minha vida?

— Não fui eu, Layla, não fui eu, foi ideia do Rob! Ele queria te afastar do Devo, e eu concordei com ele. A ideia era só te dar um susto, mas o Devo queria mais; ele estava com medo de que você acabasse com a carreira dele.

— Então, ele resolveu foder minha vida?

— O Rob avisou pra ele que tinha te dopado. A gente era jovem e idiota, Layla, queríamos te assustar, só isso.

— Só isso?

— Sim, Layla, mas tudo foi ficando mais macabro, tanto que o Rob fugiu, mas estava mal também das drogas e se afogou. Eu tive medo, La, e o Devo disse que era a melhor maneira.

Layla olha com ódio para Mandy. Respira com dificuldade, mas não solta uma lágrima. Vai andando em direção ao porta--malas e encosta o cano na testa de Mandy, que diz:

— Não, Layla, por favor, me solta, não me mata. Você não é uma assassina.

— Todas essas cordas que te prendem não chegam a um terço das que carrego comigo, dos traumas que existem aqui dentro, da dor e da traição. Isso não é assassinato, Mandy. Isso é justiça. Em nome da Mãe!

LINHA 4 AMARELA

O estampido seco ecoa pelo estacionamento vazio, e o corpo de Mandy tomba para o lado.

Layla, com o rosto encharcado de sangue, olha para o que sobrou do rosto de sua ex-amiga e se sente bem.

Dizem que, para alguns, matar é como um orgasmo múltiplo. E ela amou a sensação de prazer.

A Mãe abraça Layla e a leva de volta ao carro.

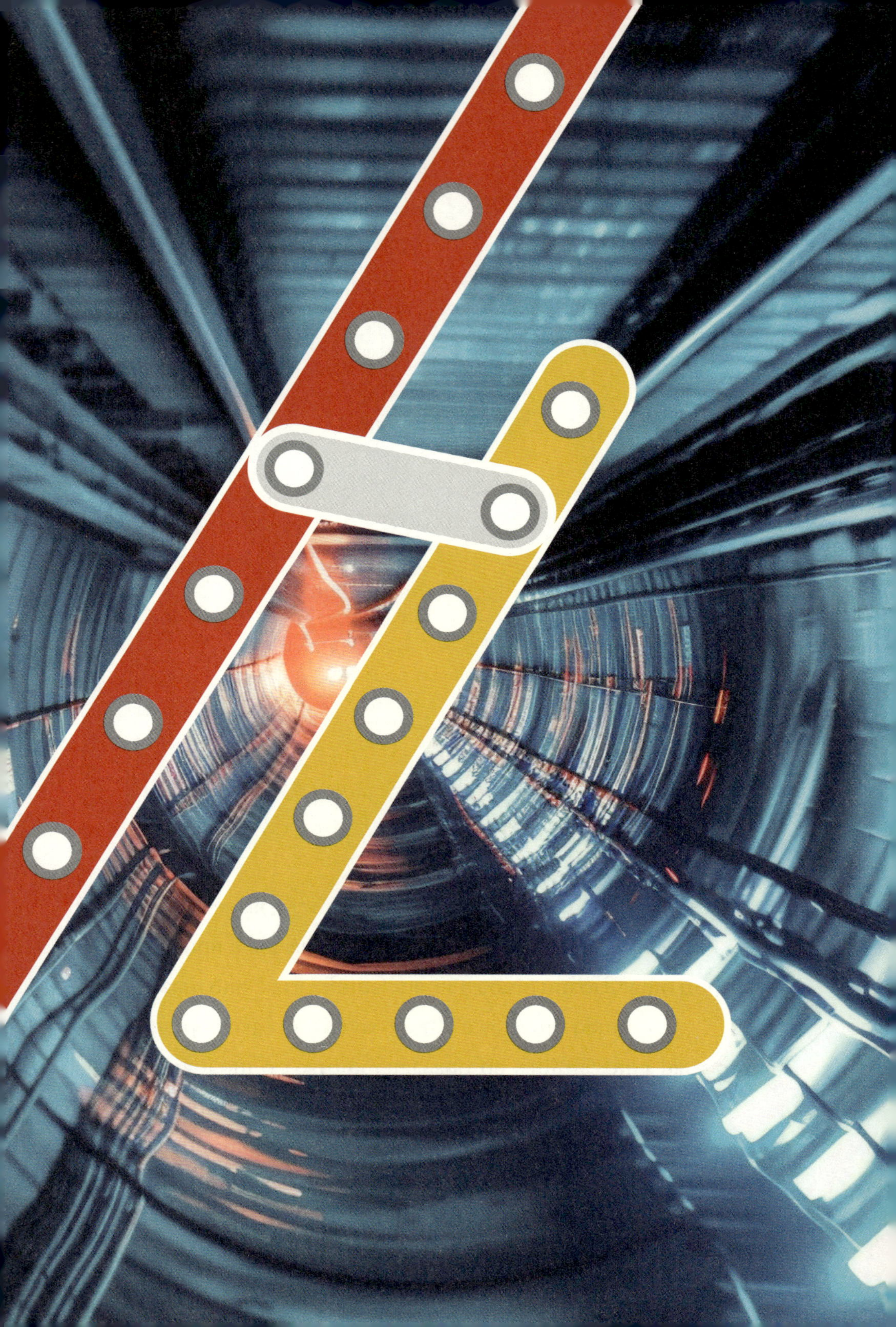

CAPÍTULO 38
DESENCONTROS

ESTAÇÃO CONSOLAÇÃO

ACESSO À LINHA 4 AMARELA – 19H45
15 MINUTOS ANTES DA SEGUNDA EXPLOSÃO

Dante lê a mensagem de Layla:

LAYLA: *Me encontra próximo ao túnel de entrada da Linha 4.*

Ele pensa um pouco e responde:

DANTE: *Devoradora, tá doida. Já já rola outra explosão*
LAYLA: *Eu sei. E não será aqui. Me encontre.*

Ele olha para o pequeno Joaquim, ainda curtindo o som dos Ramones e sentado em um dos escombros.

DANTE: *Eu não posso sair daqui.*

LAYLA: *Aqui onde, Dante? Preciso te ver agora.*

DANTE: *Pq?*

LAYLA: *Tenho um presente pra vc.*

DANTE: *Minutos atrás vc queria explodir tudo. Agora tem um presente?*

LAYLA: *Diz onde vc está.*

DANTE: *Não.*

LAYLA: *Eu vou te achar. De qq jeito.*

Dante olha o celular e fica pasmo.

Ele sabe que ela sempre foi meio maluca, mas parece que agora realmente está fora de si.

Olha para o relógio, que marca 19h55.

— Ei, Anão?

Joaquim continua ouvindo o iPod, sem olhar para Dante.

— Esse moleque é uma figura.

Tira um dos fones da orelha de Joaquim, que olha irritado para ele:

— Tô ouvindo, tio.

— Eu sei. Tá gostando?

— Muito, muito.

— Beleza, eu vou te abraçar agora, porque pode ser que algo exploda aqui perto, tudo bem?

— Minha vó sempre diz que abraçar nunca é demais, tio — diz isso e abraça as pernas de Dante.

Ele olha para Joaquim com os olhos marejados e se abaixa. Pega seu casaco, coloca sobre a cabeça de ambos e abraça Joaquim.

— Vamos brincar de cabaninha, tio Tandy?

— Tandy? Tandy é pasta de dente, menino.

— Não é seu nome?

— Não, Anão. É Dante, Dante de *A Divina Comédia*.

— Eu nunca vi esse filme, tio.

— É um livro, na verdade.

— Tem figuras?

— Olha, até tem, mas nenhuma como você.

— Eu sou uma figura?

— Cooooom certeza, sim.

— Então não me abraça muito, pra eu não grudar em você, tio — ele diz isso e dá uma risada gostosa.

Em seguida, ambos sentem um tremor e ouvem um barulho estrondoso.

— O que foi isso?

Dante tira a blusa da cabeça de ambos e diz:

— Lembra que te falei do Campo Minado?

— Lembro.

— Então, alguém perdeu o jogo lá longe, mas nós, não. Estamos bem aqui. Parabéns, Anão.

— Por que parabéns?

— Você completou mais uma parte da missão. Agora vamos andar e tentar achar outro lugar pra nos esconder, beleza?

Ao dizer isso, um rato passa ao lado da perna de Joaquim. Ele se assusta e corre.

— Ei, Anão, relaxa, é só um ratinho.

Dante vê Joaquim se afastando, correndo em alta velocidade, desviando dos escombros. Mas de repente o menino para.

O punk vai até ele e percebe que Joaquim está estático. Olha para onde o menino está olhando e vê o corpo de uma senhora.

— Você mentiu pra mim, disse que ela não estava aqui.

Joaquim tenta correr em direção ao corpo de sua avó, mas Dante percebe e agarra-o.

— Não, Anão, não faça isso.

— Por quê, tio? O que aconteceu com minha avó? Diz isso soluçando de tanto chorar.

— Anão, é complicado.

— Por quê você mentiu pra mim, tio?

— Desculpa, eu só...

— Eu te odeio, não sou mais seu amigo.

Joaquim diz isso, se desvencilha e dispara, correndo.

Dante olha mais uma vez para o corpo inerte da senhora ao seu lado e sente uma dor em seu coração, mesmo sabendo que não teria como contar a verdade.

LINHA 4 AMARELA

Ele corre atrás de Joaquim, mas tropeça em um corpo no chão, caindo e batendo com força seu ombro esquerdo.

Ouve um "croc" e tem certeza de que seu ombro saiu do lugar.

Dá um grito de dor. Respira fundo e tenta se levantar; vê Joaquim longe, passando correndo pelos destroços em direção ao túnel de transferência entre as estações Consolação e Paulista.

Levanta-se com esforço, mas, quando vai voltar a correr, ouve dois disparos seguidos por um grito e mais um disparo.

Ele para e sente um frio na espinha.

Acelera o passo, com muita dor no ombro, corre desesperado.

O relógio marca 20h08.

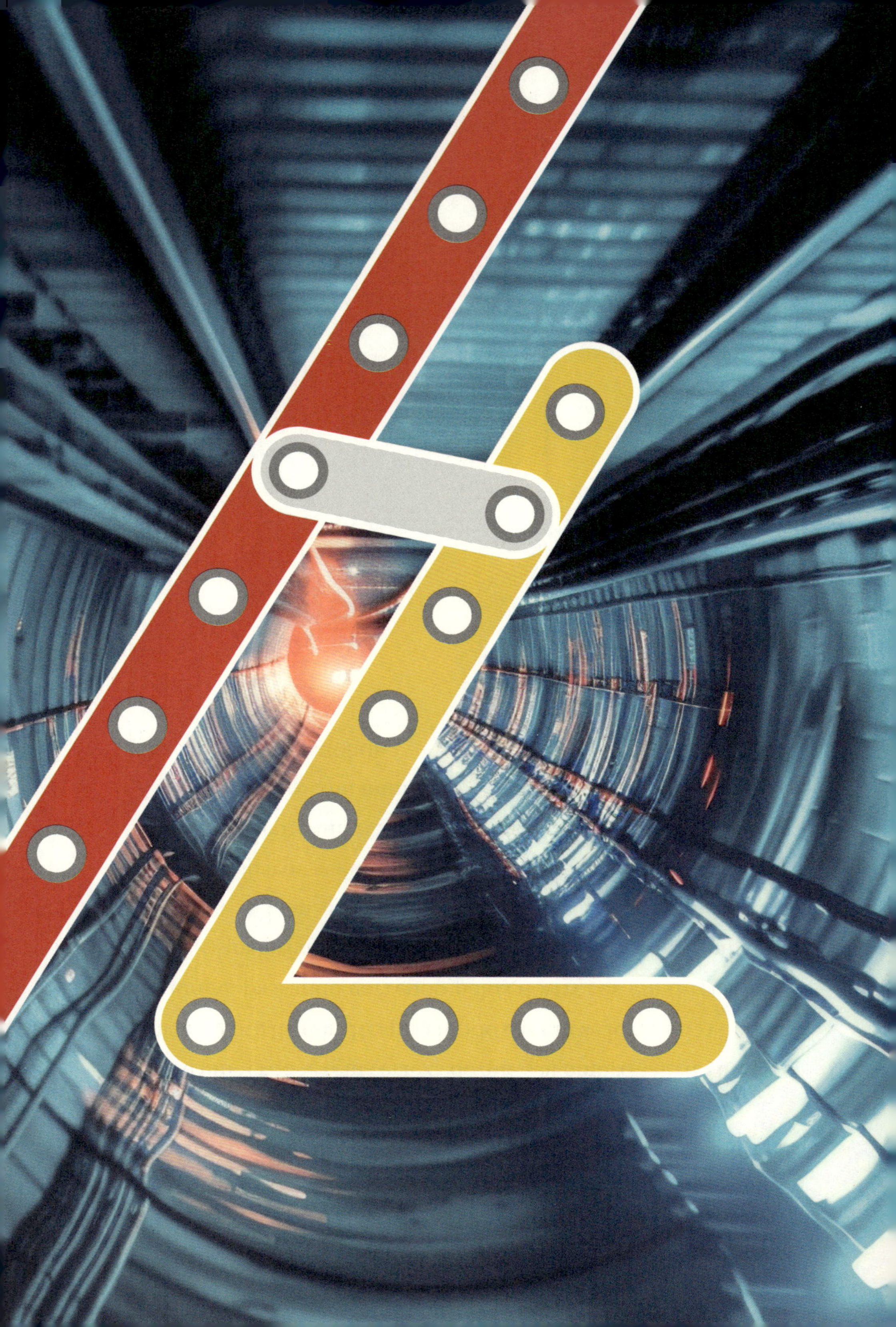

CAPÍTULO 39
A FUGA

AVENIDA PAULISTA –
PRÉDIO DA RÁDIO MISS FM

ESCADAS DE EMERGÊNCIA – 20H40
40 MINUTOS APÓS A SEGUNDA EXPLOSÃO

Rod e Liv descem as escadas correndo.

Ela para no segundo andar e diz:

— Eu tenho certeza de que eles estarão no térreo ou no estacionamento, nos esperando.

— Acho bem difícil, porque tem policiais por toda parte.

— E como você sabe se eles não estão infiltrados na polícia também?

Rod para e pensa:

— Realmente, é possível. O que faremos, então?

Liv pega uma faixa e amarra em sua mão, que está sangrando. Em seguida, tira uma arma do bolso, confere a munição e a estica para Rod:

— Sabe usar uma dessas?

Ele olha para a arma, olha para Liv e diz:

— Acha que isso será necessário?

— Você sabe ou não sabe usar?

Ele pega a arma, confere a munição e a trava, gira a arma e aponta para Liv:

— Isso responde à sua pergunta?

Ela olha com raiva para ele – "que cara insuportável!" – e diz:

— Se você apontar mais uma vez essa arma pra mim, eu juro que te mato sem pestanejar.

Ele recolhe a arma, guarda-a na cintura e diz:

— Por que você não pede reforços? A tal da ABIN não tem mais agentes?

— Tem, sim, mas não sei em quem confiar agora, e não temos tempo. Seremos só nós dois por enquanto. Seu carro está no estacionamento?

— Eu não tenho carro, tenho moto.

— Péssimo, mas será o jeito. Vamos descer, devagar. Eu vou na frente.

Eles descem três lances de escada, param próximo à porta, e Liv diz:

— Saindo dessa porta, sua moto está à direita ou à esquerda?

— À esquerda.

— Ok, eu vou sair, ver como está, e você corre pra moto. Fique esperto.

Rod assente com a cabeça.

Liv abre a porta devagar. O estacionamento parece deserto, sem uma alma viva, e ela estranha aquele silêncio. Sai com a arma em riste e faz um sinal para Rod, que corre para sua moto. Nesse meio-tempo, Liv avista dois drones, que se aproximam em alta velocidade, e derruba os dois com tiros certeiros.

Rod liga a moto, sobe nela e vai em direção a Liv. Quando chega ao lado dela, diz:

— Sobe, vamos embora daqui.

Ela sobe na moto, e ele sai em disparada. Sobe a rampa do estacionamento e vira à esquerda, descendo a Rua Augusta em direção ao centro. Quando chegam próximo à baixa Augusta, Liv vê duas motos e um carro preto descendo em alta velocidade. Ela saca a arma e, com um tiro certeiro, abate um dos motoqueiros. Rod se assusta com o tiro e diz:

— O que está havendo?

— Uma moto e um carro estão nos seguindo. Faz o seguinte: entra na ruazinha da Famiglia Mancini; ali a gente se livra do carro.

Rod aumenta a velocidade e vira na rua que ela indicou. Liv espera quatro segundos, tira um artefato do bolso e joga para trás:

— Vamos lá, 5, 4... — ela vê a moto passando — 3, 2, agora!

Quando o carro aparece na esquina, uma explosão o faz capotar. Liv olha para trás e sorri. Rod olha pelo retrovisor e acelera mais. Passados alguns instantes, diz:

— Você é boa, hein.

— Você não faz ideia.

Liv vê a moto se aproximar. Ela mira para trás, tentando acertar o motoqueiro, sem sucesso. Rod vira na avenida 9 de Julho, Liv pensa um pouco e diz:

— Pega a contramão.

— O quê?

— Vai pela contramão, tem poucos carros. Tenho uma ideia: vire quando eu disser "agora".

Rod balança a cabeça e acelera.

— Agora! — ela grita.

Rod vira e entra na contramão. Enquanto ele faz a curva, Liv mira. Ela vê que o motoqueiro atirava também; desvia de dois tiros e mira novamente. Acerta três balas no tanque de gasolina da moto, que explode e vai pelos ares.

— Yes! — grita Liv. — Pronto Rod, mais um eliminado.

Ela sente a moto desacelerar.

— Vira na próxima à direita, ok? — A moto perde velocidade. — Rod, cuidado.

A moto desliza, e ambos caem na lateral da 9 de Julho, em frente a uma banca de jornal.

LINHA 4 AMARELA

Liv vê a moto caindo no chão e se afastando.

Ela levanta rápido, estrala seu pescoço e corre até Rod.

Vira o corpo dele e vê o sangue; está desmaiado, e ela percebe que um dos tiros o acertou.

"Merda, o que foi que eu fiz?"

O relógio marca 21h04.

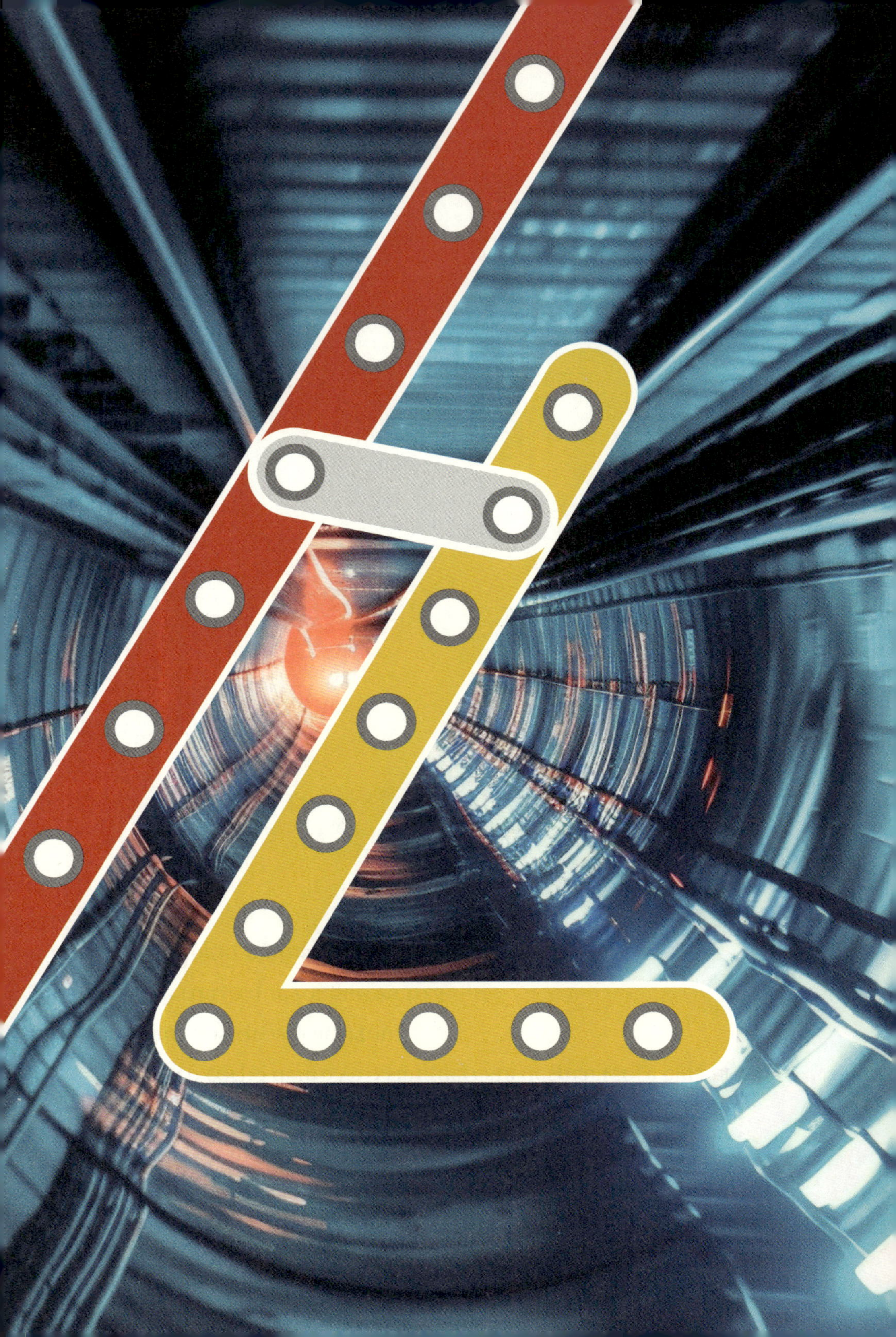

CAPÍTULO 40
O ENCONTRO

ESTAÇÃO CONSOLAÇÃO

ACESSO À LINHA 4 AMARELA – 20H10
10 MINUTOS APÓS A SEGUNDA EXPLOSÃO

Dante corre desesperado.

Se algo acontecer a esse moleque, eu nunca vou me perdoar.

Ele chega onde Joaquim está e vê o pequeno deitado de bruços. Dante coloca a mão na boca, desesperado. Ele se abaixa, bem devagar. Nesse momento, Joaquim vira e diz:

– Tio?

Dante dá um pulo para trás de susto. O garoto continua:

– Eu ouvi tiros, tio, aí deitei no chão.

Dante dá um sorriso e abraça Joaquim com força.

– Caralho, Anão, jurava que eu tinha te perdido.

Dante sente uma dor nas costas.

— Ai, por que me beslicou, Anão?

— Para de falar palavrão, tio.

Dante sorri e acaricia o cabelo de Joaquim, olha nos olhos do menino e diz:

— Desculpe ter mentido pra você. Eu só queria te proteger.

Os olhos de Joaquim enchem de lágrimas. Ele abraça Dante e chora copiosamente. Dante tenta se segurar, mas também cai no choro. Após alguns minutos de conversa, em que Dante tenta explicar para Joaquim o que está acontecendo, os dois decidem dar o próximo passo e se esconder da bomba seguinte.

Dante dá a mão ao pequeno, e ambos começam a andar devagar.

— Anão, a última explosão foi longe. Acho que devemos ir um pouco pro lado agora e ficar quietos. Faltam menos de vinte minutos.

— Tio, acho que ali é um bom lugar.

Joaquim aponta para o túnel, e Dante lembra: *A Devoradora queria me encontrar aqui.*

Dante ouve seu telefone tocar. Ele tira o aparelho do bolso e atende:

— Alô?

— Que bom que veio até mim.

— Layla?

— Meu nome é Três; em breve vai descobrir por quê.

— Onde você está?

— No lugar certo.

LINHA 4 AMARELA

Dante sente um tranco em sua cabeça, como se tivessem batido nele com um taco de beisebol. Ele olha para o lado e vê Layla segurando um pedaço de madeira. Joaquim tenta correr, mas ela dá uma rasteira nele, fazendo-o cair no chão. Essa é a última cena que Dante vê antes de desmaiar.

Ele sente um ardor no rosto, e após o quarto tapa acorda. Olhando para o lado, percebe Joaquim amarrado, assim como ele. Seus braços e pernas estão presos.

— Hoje é o dia, Dante. Faltam dez minutos, mas antes eu tenho uma surpresa pra você.

Ela tira o capuz do homem ao seu lado. Dante não acredita no que vê e diz:

— Pai? O que você fez, Layla?

Djalma, grogue, olha para o filho, depois para Layla e diz:

— Dante? Linda Layla? O que está havendo?

Layla arranha o rosto de Djalma, tirando sangue dele.

— Para com isso, Devoradora — diz Dante, gritando desesperado.

Djalma olha para Layla, olha para baixo e pergunta:

— Devoradora?

— Djalma, querido Devo, você me criou, e hoje é o dia do acerto de contas.

— Como vocês se conhecem? — pergunta Dante.

211

— Vou te contar, pivete.

Dante olha pra Joaquim e pede um favor para a Devoradora:

— Layla, por favor, coloca meu iPod no ouvido do Joaquim e depois tape os olhos dele com alguma coisa. Ele é só uma criança, não precisa ver isso.

— Haha, olha só, Devo, seu neném liga para as crianças. Você é um ótimo pai, hein?

Diz isso e dá um sonoro tapa no rosto de Djalma.

— Layla, por favor — diz Dante.

Ela olha com raiva para ele e tira a escopeta de dentro do sobretudo. Bate com o cabo na cabeça de Joaquim, fazendo o menino desmaiar na hora.

Dante olha aquilo revoltado e grita, possesso:

— Filha da puta, pra que machucar o menino? — Dante diz isso tentando se soltar da corda.

Layla bate com o cano da arma na cara de Dante; ele sente o gosto do sangue. Ela olha bem para ele e diz:

— O moleque vai dormir por uns minutos. Fiz o que me pediu, mas da minha maneira. Aqui dentro desta mochila tenho a liberdade, mas antes quero que seu pai conte para você quem eu sou.

Djalma olha para Dante com os olhos cheios de lágrimas, e Layla continua:

— Conta pra ele: quem eu sou?

Djalma hesita por um segundo, respira bem e diz, gaguejando:

— A Layla foi minha aluna, filho.

— Que resumido! Não falta nada?

Djalma cai no choro, e Dante olha para o pai – nunca o vira chorar antes.

– Pai, o que está acontecendo?

Layla aponta a arma para a cabeça de Dante e diz:

– Conta pro seu filho o monstro que você é, Devo.

Djalma só consegue chorar. Ele soluça, e a saliva escorre de sua boca. Ele fala com dificuldade:

– Layla, poupe meu filho. Ele não tem nada a ver com os meus erros.

Layla bate com o cano na cara de Djalma, que cai para o lado, com o olho sangrando. Ela volta novamente a falar com o punk:

– Dante, foi seu papai que me deu esse apelido, Devoradora. Seu pai comia todas as alunas da escola, quando já estava com a sua mãe. Ele estuprava as meninas com boa-noite-cinderela. Esse filho da puta que você chama de pai acabou com a minha vida, e hoje é o dia do juízo final.

Layla larga a escopeta e pega a mochila. Ela começa a abrir o zíper, e seu celular toca:

– Merda – diz ela antes de atender.

– Alô?

Dante vê que Layla perde o controle.

– Não, mas por quê? Já estava tudo certo, faltam quatro minutos.

Dante percebe também que ela deixou a escopeta no chão. Ele se joga devagar, vai se aproximando da arma, consegue colocar a mão nela e começa a puxar, bem devagar.

Um chute de coturno no peito afasta Dante, que não consegue respirar e cai para o lado. Layla olha enfurecida.

— Você se acha esperto, é?

Dante, morrendo de dor, tenta respirar, olha para cima tentando recuperar o fôlego.

— Vocês são muito sortudos mesmo, menos você, Devo. Que agora vai ver seu filho morrer.

Ela aponta a arma para a cabeça de Dante e destrava quando ouve o grito de Djalma.

— Não, Layla, ele não tem nada a ver com isso. Por favor, poupe a vida dele.

— E por que eu deveria, Devo? O que você fez com o meu filho? Com o neném que tinha em mim?

— O erro foi meu, não do meu filho. Eu imploro.

Layla olha para Dante, vê Joaquim desfalecido, respira fundo e diz:

— Dante, querido, seu pai se tornou menos egoísta, pelo que parece. Mas nada apaga o passado.

Ela pega a arma, aponta para a cabeça de Djalma, olha nos olhos dele e recita:

— "Não há maior dor do que a de nos recordarmos dos dias felizes quando estamos na miséria."

Ela puxa o gatilho.

O relógio marca 20h58.

CAPÍTULO 41
VERDADE NUA

SALA DE VÍDEO - PALÁCIO DOS BANDEIRANTES

MORUMBI - SÃO PAULO - 20H54
54 MINUTOS APÓS A SEGUNDA EXPLOSÃO

Jorge Hackmen veste apenas um roupão e olha para baixo, sem jeito, enquanto a maquiadora retoca sua testa. Ele vê Suzy se aproximar. Ela toca seu ombro e diz:

– Tente ficar calmo. Chegando lá você tira o roupão e lê o TelePrompTer. O texto é curto e direto; assim que você acabar a gente corta.

– Isso é humilhante, Suzy.

– Eu sei, senhor Jorge, mas pense nas vidas que você vai salvar, pense no seu filho. Você é um herói; tenho orgulho de poder trabalhar com você.

Jorge olha nos olhos de sua secretária e sente o apoio de que precisa. Ele caminha para o centro da sala, onde apenas os cinegrafistas e Suzy estão presentes. Respira fundo e tira o roupão devagar, ficando nu em frente às câmeras.

Ele ouve uma risadinha saindo de algum lugar do estúdio e imagina quantas outras risadas serão dadas ao vê-lo humilhado. Suzy está atrás do TelePrompTer.

— Senhor, é só ler aqui. Em dez segundos entramos no ar.

— Obrigado, Suzy.

Ele respira fundo, e os dez segundos passam como se fossem apenas dois. A luz fica vermelha, suas mãos suam, sente um formigamento em todo o corpo. Ouve a vinheta, e Suzy dá o sinal de positivo.

Jorge olha para a câmera e trava. Vê a secretária acenando desesperada para ele começar. Lembra-se de tudo que passou para chegar ali, vê a cena de seu filho preso no metrô, imagina a vergonha que sua mulher está sentindo, seu estômago embrulha. Ele olha para a câmera novamente, toma ar e finalmente começa a falar:

— Companheiras e companheiros, primeiramente quero pedir desculpas pelo tempo demasiado que demorei para tomar uma atitude. Tentei pensar de várias maneiras como resolver isso, e infelizmente tive de aceitar as exigências deles. Estou aqui diante de vocês como vim ao mundo, e trago o documento onde renuncio ao meu salário como governador. Faço isso pelo povo brasileiro, por todos vocês, pelas vidas que estão naquela estação de metrô. Peço o apoio de todos nesse momento tão difícil para o nosso país, pois a violência escancarada que estamos vendo agora muitas vezes também acontece dentro de casa, abafada pelas paredes, abafada pelos muros. E a impunidade estimula a atividade criminosa. Então, peço ao SETE que veja esse momento como um ato de boa-fé e que poupe a vida das pessoas presas no metrô, e que pare com os ataques. Digo mais: ao povo, afirmo que nós ainda vamos pegar os culpados por isso, e não vai haver impunidade. Montoro dizia: o futuro começa hoje, e ele se chama juventude. E eu tenho fé na nossa juventude, que fará um Brasil melhor, sem dúvida. Vocês têm a competência para ajudar o Brasil, o dever de unir o Brasil e os caminhos para devolver o Brasil aos brasileiros. Venho aqui despido não apenas de vestes, mas também de meneios ou conversas indiretas. Termino com uma citação de Santo Agostinho: "A esperança tem duas filhas lindas, a indignação e a coragem. A indignação nos ensina a não aceitar as coisas como estão. A coragem nos ensina a mudá-las". Pois bem, nossa indignação e coragem, juntas, vão mudar o Brasil. Boa noite a todos.

Ele ouve novamente a vinheta, Suzy corre e coloca o roupão em seu chefe.

— O senhor foi muito bem. É um herói.

— Quanto tempo falta para 21 horas?

— Alguns segundos. Por quê?

— Quero ter certeza de que eles vão cumprir o que prometeram.

A tensão toma conta do estúdio. Todos ficam mudos por alguns segundos e esperam até as 21h01.

Nunca em sua vida os segundos pareceram demorar tanto. Ele sente todo o seu corpo sob pressão, como se um milhão de agulhas lhe penetrassem.

Suzy recebe uma ligação, dá um sorriso e diz:

— Senhor, é sua esposa.

Ele pega o telefone tremendo, coloca no ouvido e diz:

— Alô?

— Oi, amor. Você está bem?

— Me recuperando ainda.

— O que você fez pelo nosso filho, essa sua coragem… Estou feliz e orgulhosa de você.

— Apenas cumpri o meu dever.

— Eu te amo, Jorge. Tenta vir pra casa logo. Estamos precisando de você.

— Eu farei o possível, Li. Também te amo.

Ele desliga o celular e o entrega para Suzy. Sua secretária sorri e diz:

— Eles cumpriram a promessa, mas parece que tem um vídeo com a terceira exigência. Vamos até a sua sala. O senhor se troca e vemos isso, tudo bem?

Ele concorda, e os dois caminham pelo corredor. Suzy olha para Jorge e diz:

— Estou muito orgulhosa do senhor, e com certeza o Brasil também está.

— Que Deus te ouça, querida Suzy.

LINHA 4 AMARELA

Eles chegam em frente à sala. Suzy abre a porta, Jorge entra. Ela entra em seguida e tranca a porta. Jorge olha para o chão e vê o corpo sem vida do vice-governador. Ele se vira para Suzy, que tem uma arma com um silenciador apontada para ele.

— Suzy, o que é isso?

— Esse imbecil queria algo especial de mim. Lembrei que o senhor pediu para tirar as câmeras da sua sala, então trouxe ele aqui e lhe dei algo especial.

Jorge olha aterrorizado para Suzy.

— O que está acontecendo com você? Podemos conversar?

— É isto o que me irrita, Jorge. Você não é ruim, mas é muito mole. O Brasil merece alguém mais capacitado, São Paulo merece alguém com mais pulso... Nós vamos limpar este país.

— Suzy, fica calma, vamos conversar.

Ela atira no joelho de Jorge, que cai sentado e solta um grito de dor.

— Não vem com conversa mole pro meu lado. Não sou burra como você pensa. Chega de chefes, chega de todo esse lance patriarcal. O Brasil merece ser cuidado por uma Mãe.

Ela aponta a arma para a cabeça de Jorge.

— Suzy, não faça isso, por favor — diz o governador, implorando pela vida.

Suzy afunda o cano na testa dele e diz:

— Em nome da Mãe! Em nome de SETE!

O relógio marca 21h04.

219

CAPÍTULO 42
EPÍLOGO

TÚNEL DA ESTAÇÃO CONSOLAÇÃO

ACESSO À LINHA 4 AMARELA – 21H01
59 MINUTOS ANTES DA TERCEIRA EXPLOSÃO

Joaquim ainda está desmaiado. Dante chora, vendo seu pai morto ao seu lado, tentando entender o porquê de toda aquela loucura. Layla fala ao telefone:

– Exatamente. Aqui mesmo. Espero.

Ela desliga o aparelho.

– O governador salvou vocês, mas tenho certeza de que ninguém vai cumprir a terceira exigência.

Os olhos de Dante estão vermelhos, e, num misto de dor, ódio e medo, ele grita:

– Eu vou te matar, Layla! Você vai pagar pelo que fez!

– Olha aí, a hereditariedade falando alto. – Ela se aproxima de Dante e puxa o cabelo dele. – Seu pai disse que me mataria também, e olha ali a cabeça dele estourada.

Layla puxa o cabelo dele para trás, depois puxa para a frente, rindo.

Dante vê um vulto atrás dela, ouve sua voz:

– Olá, Três, vejo que teve trabalho.

Dante olha com atenção para a pessoa se aproximando. Sente um misto de apreensão e curiosidade, e logo afirma:

– Eu conheço você!

– Muita gente me conhece. Como é o nome dele mesmo, prima? – dirigindo-se a Layla, que responde:

– Dante.

– Que nome histórico, hein? Gostei do seu cabelo. Acho que até já te vi; percebo que curte um som também.

Dante tenta se lembrar de onde conhece aquele rosto. Ele busca na memória, tenta se lembrar das festas, dos rolês, tem certeza de que já viu aquele cara. De repente, um clarão vem em sua mente. Ele olha bem e, não conseguindo acreditar, diz:

– Não pode ser você.

– Você quem? – diz o desconhecido.

– Você é o Max, né? O filho do governador?

Max olha para Layla, e em seguida para Dante, dá um sorriso e diz:

– Me chame de SETE.

O relógio marca 21h04.